むぎあきや

正是麦秋时

风雅俳句 秋

郑民钦 编著

中国出版集团 现代出版社

俳句的魅力

俳句是日本民族传统文学的一种形式，是世界上最短的诗。

俳句古称俳谐，至近代始称俳句，一般认为产生于室町时代（1334—1600）的中期以后，其源发于连歌，是俳谐连歌的发句。

俳谐脱胎于连歌，连歌又诞生于和歌，所以季语的根源可以追溯到和歌。在“季语”这个术语产生之前，先有“季题”；在“季题”之前，先有“题目”，即“季之题”。其实，“季题”“季语”都是近代才出现的，古代称为“季之词”“季之题”，或单独一个字“季”。季题源于中国诗人的“题咏”，为和歌、连歌所继承，意为“季节的题目”。“季语”就是尤其在连歌的发句中备受重视的“季之词”，具有将发句的季题所引发的诗情具象化的作用。“季题”“季语”

均产生于近代，1908 年大须贺乙字首次使用“季语”一语。大须提出“季感象征”的理论，将形成季节核心的自然物象称为“季语”。俳谐、俳句重视日常生活中的季节感，季语就是“岁时记”中收录的“季节的词汇”。

俳谐的鼻祖当为山崎宗鉴（?—1553？）和荒木田守武（1473—1549）。他们把发句从连歌中分离出来，制定俳谐格式。发句有一定之规，必须具备五七五共三句十七音、切字（表示断句、咏叹或调整语调的助词、助动词等）、季语的条件，在某种程度上体现整首连歌的内容气质，具有一定的完整性，这就为以后发句的独立创造了条件。在这里，季语是发句不可或缺的三大条件之一。

至江户时代（1603—1867），松尾芭蕉（1644—1694）对俳谐进行革新，把俳谐变成真正表现自己内心生活的形式，通过俳谐表现汉诗、和歌、连歌等无法表现的美学情趣，创造出一种抒情诗般的俳谐美，并创立使俳谐获得更高更深层次的“风雅之道”的闲寂俳谐理论，从而使俳谐走上真正的艺术道路，进入文学艺术的殿堂，开创了俳句的黄金时代。由于对俳谐的贡献，芭蕉被日本人尊为“俳圣”。

“蕉风”俳句之后，江户时代中期诞生了可与芭蕉媲美的俳人与谢芜村（1716—1783），江户时代后期的小林一茶（1804—1829）是俳谐大众化的杰出俳人。

近代俳句始于明治时代（1868—1911）的正冈子规（1867—1902），他是和歌、俳谐革新运动的杰出旗手，虽然芜村时代已经出现发句从连句中脱离出来的苗头，但发句的完全独立基于子规的文学理论。他将独立出来的发句“俳谐”改名为“俳句”，其含意就是“个体”文学艺术的自觉性。在俳句近代化的过程中，首先必须确定季节感，子规在《俳谐大要》中指出：季语所引发的四季联想在只有十七音的简短俳句中具有重要的作用。他提倡写生，可以说，只有摆脱旧式的季题趣味，俳句才能获得新生。

季语赋予俳句以生命，诞生于四季风土的大自然以及生息在这块土地上的人们的生活，在漫长的岁月中逐渐形成其独特的体系。季语是对俳句最重要的制约，同时也是俳句产生诗歌般感人魅力的切入点。它的存在才能使扎根于日本土壤的诗歌展示其固有的特色。

季语在俳谐中是文学语，这种规制对作为文学的俳谐诗性也会产生负面的影响，因为它制约对自然美的自由体验。另外，并非只要使用季语，大自然的朴素美感就会转化为艺术美。当俳谐的大众化、平民化时代到来以后，由于创作手法的雷同、季语使用的模式化、自然观与人事观的因袭性，就出现依靠季语敷衍的“季题趣味”的现象。似乎只要有一本岁时记，就可以创作俳句。原本促使俳谐文学产生的季语反而成为俳谐文学停滞不前的因素。岁时记的发达一方面为作者的创作提供了极大的方便，另一方面也成为助长“季题趣味”的工具。

正因为如此，明治时代的正冈子规所开展的俳句革新运动就是从废除“季题趣味”入手，提倡真实抒写对象的写生说。子规对季语本身予以继承，破除的是近世末期的俳谐固定不变的窠臼，主张眼观手写对象的真实。这成为后来主张无季的契机。

昭和时代（1926—1989），随着时代的衍变，对季语在俳句文学中地位的认识所引起的争议使人们的思想认识产生多元化的倾向。毕竟生活在现代社会，人们的思想理念、生活情趣与芭蕉时代有很大的不同，俳句大众化的浪潮对季语的旧思维也产生了巨大的冲击，加上受到西方文艺思潮的影响，有人主张俳句也应该与时俱进，首要的就是冲破季语的“樊笼”。新倾向运动乃至后来的无季俳句是这个论点的主张者和实践者，但必须指出，他们并非一律不创作有季句，而是主张无季俳句同样也是具有艺术性的文学俳句。他们将季语视为单纯的语言，只是表达内容的一种手段，不是俳句所表现的目的，把季语从象征性中解放出来，并伴随着扩大素材以作为美感的一种手段。

这个主张主要为年轻人所接受，生活在工业化社会的人们对风花雪月的大自然的亲近感越来越疏远，对季感的淡漠、疏离是无须怀疑的事实。如果俳句对此视而不见，依旧迷恋于一成不变的传统，只能是死抱僵化的形骸，变成无病呻吟的自恋。这就涉及对俳句本质的认识问题，没有季题的俳句是否就没有美感，是否就没有诗歌特性；季语是否就是俳句美学原则的必备标准之一。如果无季俳句也具有诗歌美学，那么对俳句的本质以及形式结构也必须进行重新认识。因为俳句的美感不仅来自大自然的风物景色，社会上许许多多没有季感的现象也会产生美感，也可以用俳句这种形式表现出来。这是对季语核心论的反叛，也可以说是思想的进步，以为季语核心论是对自由诗歌精神的扼杀。新兴俳句运动、无季俳句、连作俳句、自由律、社会性俳句、前卫俳句等许多流派和形式，向传统俳句发出挑战，形成异彩纷呈的局面。

现在日本的俳句界虽然有季语、无季语并存，但主流依然是有季语。俳句在季语与超季语的界限问题上进行的争论已经偃旗息鼓，大家和平共处，在基本平静的状态中发生悄然变化，这包括对季感、季题、季语观念的重新认识。

俳句作为世界独特的短诗形式，表现日本人民在其美丽的自然环境中生活所产生的心灵感受，已经成为日本民族文化的精华。传统俳句，始终坚持不可缺少的三大要素：十七音、切字、季语。这是俳句成立的条件，是俳句的格律。十七音是发句的固有格式；切字是为了使发句的形态完整和谐，以便和平句相区别；季语是向读者表示符合时令的问候。季语，也称季题，表现季节感的语言。传统俳句在一句中需要一个季语，以表示作品的时间、色彩、气氛等，从而起到形成整体情趣的作用，体现俳句的美学性。包括季节、天文、人事、宗教、动物、植物等内容，数量庞大，编纂有许多岁时记等季语书籍。这是欣赏传统俳句不可或缺的形式要素。

传统俳句，一般很少表现政治、社会等重大课题，大多抒发个人对自然、生活的体验感受，是一种个体情绪的表达。这样的小诗只能以短小精悍、凝练余韵为其特色。读者可以从俳句的写生、语言、象征、比喻、声调、节奏、断句、破调、定型、字余、季语、格助词、叠字、叠句、双关语、结句等创作手法中感受其中的妙趣。诗贵含蓄，诗越短越难写。佳句以富有密度的语言进行创作，具有强烈的风土性和艺术性。

对于传统俳句来说，有必要从人与自然的关系来解释季题，而写生的方法是架设通过季题表现的自然生命与作者自身生命融合的桥梁，因此写生不能破坏格律，必须产生把大自然的生命体现于季题感觉的效果。

俳句译介到中国，一般认为始于“五四”时期，现在难以查考。二十世纪的三十年代和五十年代，有人翻译过少量的俳句，但没有什么影响。

二十世纪七十年代后期，我国学者开始重视和歌、俳句的翻译，并见诸报刊。随着日本俳人与中国诗人的交流不断增加，越来越多的中国人开始了解俳句，译作不仅数量大增，而且质量提高、形式多样。

关于翻译的形式，一九七九年，我国学者曾就和歌、俳句的翻译形式问题展开过一场争鸣，其焦点主要是采取什么样的翻译形式才能比较完美地体现俳句的本质。大家各抒己见，提出种种见解，这对更准确地理解俳句、提高翻译质量无疑起到很好的推动作用。

俳句（和歌）难译，诗无定译。但经过许多译者的不断探索和实践，根据自己对原作的理解，进行各种尝试，取得不少有益的经验。归纳起来，汉译形式大致有“唐诗宋词式”、口语式、五（七）言两句式、五（七）言绝句式以及按照原诗的五七五句式等。

日语的复音语节与汉语的单音语节的差异，成为俳句汉译的一大难题，使得译文与原诗难以保持形式的一致。如增字不当势必破坏俳句含蓄蕴藉、意在言外的真味，没有留给读者品尝咀嚼的余地，把话说尽，情浅脉露，实成蛇足。二者难以得兼时，只好舍形式取意韵。就是说，俳句所追求崇尚的余韵意境比形式更为重要。

我认为，汉译俳句，一般宜用“唐诗宋词”的形式。这里说的“唐诗宋词式”只是借用，并非严格意义上的格律诗词，是指根据俳句原意选择适当的翻译形式，不拘泥于一种形式，可用两句、三句、四句，甚至一句；每句不拘字数，一般不超过七个字，但特殊情况也可突破；每句字数可一致，也可采用不一致的长短句。这种形式注重内容，比较自由，能够凝练地贴近原作的内涵，其不尽如人意处在于多是与原文不相一致的形式。

至于遣词造句、文白相兼的问题，则宜根据原诗而定，体现其格调神韵。我国的古典诗歌译成外国文字，日文借用汉字，译出来要比其他文字更接近原诗，即使如此，原诗的字数、平仄、对仗、押韵、双关语、节奏、语言音乐感等也无法体现出来。同样，作为日本民族文学形式的俳句，其语体特征产生于日本文化的土壤，具有独特的表现手法，往往在汉语里很难找到适当的对应词。

诗是语言的超常结构。诗歌，尤其古典诗歌的翻译，归根结底是两种文化的差异，要做到形式与内容的高度和谐统一是至难之事，甚至几乎不可能。文化的翻译往往必须超越体现在不同语言里的不同历史背景、自然感觉、宗教信仰、生活感受、风俗习惯等障碍，必须在语言里寻求到恰当的曲折后才能完成，是一次“再创作”的过程。诗歌作为异质文化在语言上最典型的反映，它的翻译是通过对文化的异同性进行综合的协调，克服两种语言的对峙、差异、变换、怀疑等纠葛，尽量缩短双方的距离，创造出一个具有折射性的新的感受性世界。在这儿，不得已存在的某种程度的违和感是容许的。因此，无论多么优秀的译文，自然都浸透着译者的文化心态和审美体验，都是“变形”的，不可能与原文“等价交换”，更不可能以一个民族的诗歌格律硬套另一个民族的传统诗歌，只能力求最大限度的“近似”。如果碰到无可逾越的独特的异质文化墙壁，这时的翻译是不可能的。

神似才是翻译的化境，才是翻译的最高境界。一篇译文的质量高低，不妨用这个标准去衡量。尤其诗歌的翻译，重节奏、讲含蓄、尚简洁、崇气韵，灵活性就更大一些。总之，我认为，俳句的翻译应该坚持“形式为内容服务”“再创作”“意准神似”的原则，这样才能做到形神兼备。至于形式，其实无须一统的天下，百花齐放、百家争鸣才是真正的繁荣。

本书的读者恐怕多半不懂日语，这就涉及中国人的鉴赏习惯与日本人的审美情趣的差异导致在很大程度上影响着对俳句的美感理解的问题。但俳句既然是诗歌，就具有诗歌的共性，神韵是诗歌的灵魂，外在性以及语言的雅俗、格律、节奏等都是为诗之精神服务的。把握诗歌的这个共通点，就能理解、欣赏俳句的生命内涵。

本套书题名为“风雅俳句”，乃取芭蕉对俳谐的定位。他认为俳谐是“风雅之道”，风雅是日本文学的传统理念，“道”是日本平安时代以后所有艺术的根本精神。从这个意义上说，芭蕉对俳谐的认识依然以传统的艺术理念作为基础，认为它与和歌、连歌在本质上具有相同的价值。在俳谐之道中导入风雅，“风雅”是芭蕉对俳谐的代名词，其所追求的“风雅之诚”成为俳谐文学的精髓。

俳句在其几百年的发展过程中，由于社会的衍变和外来文化的影响，其外在形式、表现内容、创作方法以及理论都发生过重大的变化。本书所收录的是近代以前的传统俳句名作，编排方式依春夏秋冬类别，不分题材，以人为序，人以年次，作者第一次出现时附以简介，我认为这样可以更原本地理解俳句的真实内在性。

本书的编写参考了大冈信《四季之歌》、尾形仂《俳句解释与鉴赏事典》、今荣藏等《芭蕉入门》、鹰羽狩行《怎样欣赏俳句》等诸多有关书籍。本书曾由其他出版社出版，此次承蒙现代出版社的朱文婷女士的诚挚相邀，予以增添修改，并配以适当图片，由该社出版，谨致以衷心的感谢。鉴于编者水平，难免舛误，敬请方家指正。

郑民钦

2019 年 1 月改定

目录

松尾芭蕉

髭風(ひげかぜ)ヲ吹(ふ)きて暮秋嘆(ぼしゅうたん)ズルハ誰(た)ガ子(こ)ゾ

胡须吹西风，
谁子叹暮秋？

松尾芭蕉（1644—1694）

以毕生精力将追求诙谐、大众化的贞门、谈林初期俳谐提高到真正的纯文学高度，孜孜不倦地追求俳谐在更高更深层次上的艺术性，引领俳谐进入文学艺术的殿堂，形成以《芭蕉七部集》为代表的蕉门风格，并创立俳论，开创了俳句的黄金时代，成为近世诗的代表。他的作品所提供的典范作用至今还没有被人逾越，他被日本人民尊为“俳圣”。还著有纪行文集《奥州小道》等。

* 季语　暮秋

*** 赏析**

此句题为《忆老杜》。“老杜”即杜甫，与称为“小杜”的杜牧相对而言。瑟瑟秋风吹胡须，感叹暮秋的究竟是谁呢？自然是那个杜甫，同时还有仰慕他的我啊！芭蕉精通汉文化，景仰杜甫。杜甫在《白帝城最高楼》感叹：“杖藜叹世者谁子？泣血迸空回白头。”抒发他对世事和人生的感慨悲叹之情。这首俳句直接模仿杜诗，对着凄凉的暮秋发问，大概表示作者的心灵与杜甫相通，具有苍茫悲壮的气氛。而且在创作手法上也是沿用汉诗的倒置法，杜甫有“香稻啄余鹦鹉粒，碧梧栖老凤凰枝”（《秋兴八首》）句，所以芭蕉此句亦不按正常语序叙述“西风拂胡须”，而是说“须吹风”。

芭蕉在革新俳谐的初期试图以中国古典文化的精粹替代俳谐旧传统，创建一种新格调。他在《虚栗·跋》中明确指出：“《虚栗》一书，其味有四。李杜尝心酒，寒山啜法粥。因而其句见遥闻远。寂与风雅之不为寻常者，乃寻西行之山家，他人不拾之虚栗也。”李白、杜甫的诗心，寒山的佛境，西行的空寂，白居易的通俗正是他追求的目标。上述五人中，除西行是日本著名的僧侣歌人外，其他都是中国唐朝诗人，可见当时芭蕉是从汉诗中寻找俳谐的文学精神，以汉诗的情趣确立俳谐的新传统，就是借鉴中国先进的文化精神挽救俳谐的陈腐没落。

芭蕉的作品大量运用中国典故，使用汉语词汇，套用汉诗意境。如“嚼冰冻且苦，买水润喉如偃鼠”（《茅舍买水》）典出《庄子·逍遥游》:“鷦鷯巢于深林，不过一枝，偃鼠饮河，不过满腹。”“鹭鸶之长足，可补雉胫短”显然是从庄子《骈拇篇》的“长者不为有余，短者不为不足，是故凫胫虽短续之则忧，鹤胫虽长断之则悲”这一段话演化而来。“世人纷纷赏花去，浊酒淡饭我独啖”的题目直接摘取白居易《江南谪居十韵》中的“忧方知酒圣，贫始觉钱神”。

《近江八景之矢桥归帆》土屋光逸

松尾芭蕉

あの中に蒔絵書きたし宿の月

客舍望月圆，
欲将螺钿泥金画，
描绘玉盘间。

*季语　月

*赏析

芭蕉行旅进入长野，《更科纪行》这样记述：夜宿客栈，“忽见月光筛透树间，自破墙照入房间……极尽悲秋之心也。主人言：‘月既出，赏月岂可无酒。’乃取酒杯，似比普通酒杯大一圈，且绘有稚拙之泥金画。都市人视此杯毫无情趣，不屑一顾。然余视质朴无华亦独具其妙，观之如碧碗玉壶，乃身处山中之故也。”

皓月当空，银光照屋，主人说“赏月岂可无酒”，便拿出大酒杯来。这乡下的酒杯做工粗糙，上面还描绘着稚拙的泥金画。这样的酒器在城市无人问津，在乡下却是珍品，芭蕉觉得其风格朴实无华。芭蕉凝视明月，竟觉得与这酒杯有几分相似，于是也想在月亮上描绘泥金画。

泥金画是一种古老的工艺，用金粉或银粉制成涂料，用于书画、装饰笺纸或调和在油漆中涂饰器物。元好问《续夷坚志·金狮猛》说：“得一石，作狮形，色如泥金所涂。”泥金画漆，即“描金”。

松尾芭蕉

俤(おもかげ)や姨(うば)ひとり泣(な)く月(つき)の友(とも)

姨舍山头秋，
倘见孤泣老媪影，
唯将月为友。

***季语　月**

***赏析**

贞享五年（1688），芭蕉“更科之行”，八月十一日中秋之际来到长野市的姨舍山赏月。山“不甚高，亦无峭壁怪岩，然山势令人激动紧张”（《更科纪行》）。姨舍山的出名不在于其巍峨壮美的山岭，而是因为流传古今的令人心酸的传说。《大和物语》《今昔物语》记述了这样的民间故事：一男子自幼由伯母抚养成人，其妻因憎恨婆婆年老，唆使他抛弃其伯母。夫听其言，骗伯母至深山，将其扔在山里。离开时见明月照耀山间，良心发现，深感愧疚，吟咏“更级姨舍山，皓月照其间，望月慰我心，我心似熬煎”的和歌，将伯母背回。芭蕉对这样的传说“不禁伤悲于怀，忆及缘何扔弃老人，潸然泪下”（《更科纪行》）。

眺望姨舍山，中秋之夜，明月朗照。我的眼前却浮现出古代那个老母亲独自在山上哭泣的悲戚凄凉的影像，唯有将这一轮明月视为自己的朋友。

此句流露芭蕉在中秋赏月时的孤凄心情，思绪飞往古代，再现传说的世界，情愁哀深，也许甚至还忆起五年前去世的母亲的身影。他到江户以后，九年未见母亲，仿佛在心灵上也将她抛弃在姨舍山，不由得悔恨自责。因此，对最后一句“月友”的理解就因人而异，不尽相同。有人以为是扔在姨舍山上的老母亲独孤一人，唯有视月为友，对其哭诉；也有人认为作者今晚孤独，以月为友。

松尾芭蕉

かれ朶(えだ)に烏(からす)のとまりけり秋(あき)の暮(くれ)

枯枝栖寒鸦，

晚秋日暮斜。

⁎季语　秋暮

⁎赏析

句意简洁，晚秋傍晚，夕阳西斜，乌鸦栖止在树叶落尽的枯枝上。这是芭蕉创作初期的作品，描写深秋岑寂暮色的风景，表现芭蕉闲寂枯淡的风格，显示出脱离谈林派、自树一帜的倾向。这是芭蕉创作初期的重要作品之一。

这首俳句受到中国“寒鸦枯木”意境的影响。“斜阳外，寒鸦数点，流水绕孤村”（秦观《满庭芳》），“枯藤老树昏鸦……夕阳西下，断肠人在天涯”（马致远《天净沙·秋思》），“寒鸦散乱知多少，飞向江头一树栖”（刘子翚《天迥》）等中国文学作品中的寒鸦枯木大多与羁旅之孤独、离别之愁绪等密切相关。但芭蕉的这首俳句似乎并未包含强烈的孤寂悲凉心情，更注重表现对季节更替的感受。

这首俳句其实有两个季语：“枯枝”和“秋暮”分别是冬天和秋天的季语。一般地说，使用复数季语的“季语重叠”容易导致主题的暧昧模糊，所以尽量避免使用。季语衬托主题，此句的“秋暮”在“切字”后面，所以可以断定是表现主题的季语。从而在季节的变迁中产生从秋到冬的动态感，与栖止在枯枝上的乌鸦的静态形成鲜明的对照。这不同于乌鸦动态、风景静态的常规认识，读者或许能从中感受到自己也和乌鸦一样，静静地置身于流淌的时间里。这就是芭蕉俳论核心的“不易流行”的具体表现。

现在一般认为，这首俳句的乌鸦只有一只，蕉门弟子按照句意的绘画也都是一只乌鸦，但芭蕉自己描绘的画里是一群乌鸦，而且也不是一根“枯枝”，而是“枯树”。在枯树上站着七只乌鸦，还有二十七只飞在天上。这可以说是作者与鉴赏者对主题认识以及审美意识的差异。

《木曾之寝觉》川濑巴水

松尾芭蕉

うま　ね　　ざんむつきとお　ちゃ　けむり
馬に寝て残夢月遠し茶の煙

马背蒙眬眠，
惊醒晓梦残。
淡月衔远山，
家家起茶烟。

*季语　月

*赏析

芭蕉在《野曝纪行》中写道："阴历二十有余，月色朦胧，山麓昏暗，马上垂鞭，行数里未闻鸡鸣，如杜牧《早行》之残梦。竟至小夜中山，突忽惊异。"这首俳谐可以说完全是杜牧《早行》意境的翻版。《早行》诗云："垂鞭信马行，数里未鸡鸣。林下带残梦，叶飞时忽惊。霜凝孤鹤迥，月晓远山横。童仆休辞险，时平路复平。"芭蕉只是加一"茶烟"。残梦、明月、远山、茶烟，梦为虚，所见为实，从虚到实，由远至近，由蒙眬到清醒，如实表现旅次感觉层次递进变化。可见芭蕉是从此诗获得灵感的。

松尾芭蕉

手(て)にとらば消(きえ)ん涙(なみだ)ぞ熱(あつ)き秋(あき)の霜(しも)

手捧亡母发。
热泪洒落遗爱深，
可使秋霜融。

＊季语　秋霜

＊赏析

芭蕉在《野曝纪行》中这样记述："九月初，回故乡。北堂萱草已霜枯，如今踪迹缥缈。诸事变迁，兄弟姐妹皆两鬓斑白、皱纹堆额。惟言'苟活于世'，别无他话。兄长解开护身符袋，言'此乃先母白发，拜之。如浦岛太郎打开玉匣，汝亦双眉皆白，老矣'。遂相对而泣。"他于贞享元年（1684）九月初回乡，此时母亲已于去年去世。哥哥拿出亡母的白发，芭蕉捧在手里，不由得悲从中来，泪水流淌。这热泪定然融化秋霜，以秋霜比喻白发，思念母亲之情悲不自胜。

他在贞享四年（1687）开始"笈之小文"旅行，当年岁暮回到故乡，见到自己出生时的脐带，思念双亲，潸然泪下，说"父去母犹在[①]，定悲慈爱之昔时，忆往事之无尽"，并写下"岁暮归故里，凝视脐带思双亲，感怀泗泪泣""闻雉声声鸣，思恋父母亲"等俳句。

---

① 芭蕉之父于明历二年（1656）殁，母于天和三年（1683）殁。

松尾芭蕉

荒海(あらうみ)や佐渡(さど)に横(よこ)たふ天(あま)の河(かわ)

惊涛骇浪掀大海，
银河横卧佐渡天。

⋆季语　银河

⋆赏析

芭蕉来到波涛汹涌的日本海，大海的对面就是罪人流放地佐渡岛，天上银河横跨其间。这一天正是七夕，连牛郎、织女都一年一度地相会，流放在佐渡岛上的囚徒却无法与家人团聚，何等悲凉。而自己也是天涯孤客，羁旅思乡。

正冈子规在《芭蕉杂谈》中这样写道："一读此句，仿佛见波浪澎湃，水天无涯，唯有一孤岛点缀其间之光景。"这是芭蕉俳谐中少有的雄壮之句。作者在《银河序》中说："佐渡岛隔沧海碧波横卧于十八里外之海面，东西三十五里。险峰幽谷，近在咫尺，历历在目。此岛产金，广为人知，世所珍宝，备受崇爱，然自成为流放重犯叛逆之地，其名甚为可怕，实觉遗憾。余推窗望之，以慰旅愁。日已坠海，初月幽暗，银河横空，星光灿烂。涛声回荡，闻之销魂断肠，无端悲绪，伤怀痛心。辗转反侧，未能入眠。泫然泪下，缁衣袖湿。"

松尾芭蕉

むざんや甲（かぶと）の下（した）のきりぎりす

嘻嘻惨矣哉！
白发将军头盔下，
忍听秋蛩泣。

* **季语**　秋蛩

* **赏析**

芭蕉的“奥州小道”之旅中，在加贺小松的多田神社看到平家武将斋藤实盛的遗物后作此句。斋藤实盛是平安时代末期的武将，初仕源义朝，义朝灭亡后，追随平宗盛。寿永二年（1183）在征讨木曾义仲战斗中，年过古稀的他身穿平宗盛赐予的锦衣，将白发染黑而出战，阵亡。多太神社藏有实盛的头盔和锦衣碎片。

《平家物语》和谣曲《实盛》描写义仲家臣樋口次郎检验实盛首级时，喟然长叹：“噫嘻！惨矣哉。斋藤将军。”潸然泪下。芭蕉听见寒蛩哀鸣，想起樋口次郎的话，以此作为俳谐的第一句，哀叹当年老将军壮怀激烈、喋血捐躯的沙场如今只是芳草萋萋、秋蛩悲泣的废墟。

松尾芭蕉

石山の石より白し秋の风

寺中石山白，
秋风更比山石白。

***季语**　秋风

***赏析**

这是芭蕉在“奥州小道”旅行时在山中温泉逗留后于阴历八月五日返回小松途中参拜那谷寺吟咏的俳谐。那谷寺位于石川县小松市，祭祀千手观音。寺内“奇石各种，古松成排，岩上有茅草葺顶之小堂，风景优美”(《奥州小道》)。

石山那谷寺内有很多白石，连吹拂的秋风也感觉格外清净白洁，比石山的白石还要白。

在这里，山石的白浸染着秋风的白，晕透出一种枯寂，秋风在古代也称为“白风”“素风”，整个画面飘溢着静寂感，但秋风往往表现悲秋的肃杀气氛，所以此句含带物哀之情，从中可以感受到作者心理的虚无感，被秋风漂白的心灵褶皱浸透着时间的痕迹，仿佛看到自我存在的深渊，窥见芭蕉灵魂广袤中的一角。

风白的表现形式使用“通感”的艺术手法。芭蕉的《海边日暮》“海边暮色薄，野鸭声微白”也是使用这个手法。海面暮色苍茫，忽闻野鸭飞过的叫声，声音含带着淡淡的白色。这声音显示一种无色透明的感觉，加深作者的旅愁。用颜色形容声音，将听觉转化为视觉，使句风深沉，具有近代感。

松尾芭蕉

蛤（はまぐり）のふたみにわかれ行（ゆ）く秋（あき）ぞ

蛤蜊壳肉离，
此时分别去二见，
秋日行迟迟。

* 季语　秋

* 赏析

芭蕉“奥州小道”的最后一地是大垣，然后于阴历九月六日乘舟去二见观看伊势迁宫（伊势皇大神宫每二十年都要重新修建，举行迁移神座仪式）。这是他为众人送行吟咏的留别句。

与诸位亲友相别，犹如蛤蜊的壳与肉分离一样深感痛苦。我与这即将离去的秋天一样，也要离开你们前往二见。

此时已经秋末，在对金秋时节即将逝去的依依不舍的感觉里，也包含着秋尽的悲凉感。以伊势当地的特产蛤蜊的壳与肉分离的痛苦表现自己“离别”的感受，而秋去的季节变迁更增添岑寂的气氛。“二见”是双关语，既是伊势神宫所在的地名，又是“壳（盖）”与“肉（身）”分离的谐音。

悲秋时节的离别，令人倍感寂寞，这种寥寂渗透进自己的心灵，难以排遣。

芭蕉对人的本质的透视与晚秋的大自然的变迁重叠起来，在平淡的表现中显示出极致的“轻妙”的感情。他的“轻妙”风格以纯粹之景色表达自己的心情，就是主客合一、景情一致。正是以口语体直接诉诸自己的感怀，语言的平淡和表现的安详体现轻妙的特征。

同样写离别，芭蕉于1689年三月下旬从江户启程“奥州小道”旅行的时候，对送行的人们吟咏“匆匆春将归，鸟啼鱼落泪”。暮春三月，“晓天朦胧，残月余辉，富士山峰隐约可见。念及此行不知何时重睹上野、谷中之垂梢樱花，不禁黯然神伤”。二者比较，前者是春天，后者是秋末，前者“向虚幻之世一洒离别之泪”，后者是“蛤蜊壳肉离”，表现形式不同，心情却是一样的。

《富岳三十六景之凯风快晴》葛饰北斋

松尾芭蕉

旅（たび）に病（や）んで夢（ゆめ）は枯野（かれの）をかけ廻（めぐ）る

羁旅病床箦，
梦绕荒野枯。

*** 季语　枯野**

*** 赏析**

元禄七年（1694）五月，芭蕉从江户出发，经伊贺、奈良，至大阪时，在园亭女举行的文会上发病，虽经门人精心护理，终因病情恶化，十月八日给门人留下这首千古绝唱的名句，十二日午后去世。门人遵照其遗嘱，将他葬于大津市膳所的义仲寺内。

此句的一般解释是：旅次病卧，依然梦见自己在荒野上奔跑。大多认为表现芭蕉的悲怆心情。

此句题为《病中吟》，有日本学者认为，这并非芭蕉的辞世句，但无疑是他的最后一句。据说弟子向他乞辞世句，芭蕉回答说他平素所作皆是。

芭蕉喜欢旅行，视人生为旅途，艰苦跋涉的同时，把自己融入大自然里，憧憬人与物化的世界，从大自然中追求俳谐的终极境界，以"句不整饬舌千转"的顽强意志为提高俳谐精神在"荒野"里苦苦地探索、寻觅，刻苦磨砺，呕心沥血。但对他来说，这种走向死亡终点的人生之旅也就充满苦恼悲哀。人不仅在活的时候走完一生，死后还要继续旅行，这就是所谓的"死后之旅"。

行旅与死亡联系在一起，上路就意味着人的生命交给了"无常"。人在无时无刻不在的变易中缩短自己的生命时间，与千变万化的大自然的无常性同化，即使千辛万苦，也视为求道者的“苦行”。在这里，时间决定着人生。芭蕉的俳谐文学世界无时不浸透着这样的无常观。此句显示出芭蕉终生追求闲寂轻妙的艺术境界而铸就的人生态度，在空灵淡泊中透出痛苦凄寂，徘徊着孤独的暗影。

芭蕉去世前一个多月创作有“此道无人行，不觉秋已暮”，同样表现出他晚年最后的心态。晚秋日暮时分，独自行走在荒野的道路上。悲秋的景物令人倍感孤单，俳谐之路也是如此，高处不胜寒，越走越孤独。“道”是双关语，既是行走之路，更是俳谐的风雅之道，也是人生之道。此句是他对俳谐文学孜孜追求的人生道路的寥寂象征，也是为俳谐文学后继无人的悲叹。

这两首都是芭蕉的代表性作品。

《大阪城》吉田博

池西言水

行我（ゆくわれ）もにほへ花野（はなの）を来（く）るひとり

一人迎面花野来，
我亦染香花野去。

池西言水（1650—1722）

谈林派的重要俳人。延宝后期江户俳坛的重镇，天和二年（1682）移居京都后，成为京都俳坛的主流，元禄时代的六大名家之一。他和芭蕉等摸索俳谐发展的新方向，创作注重听觉形象、富于机智，擅长用典，语言精巧，充满妖艳幻想的感性，具有唯美色彩，显示焦风萌芽时期的风格，但始终未能完全摆脱谈林派的戏谑趣味。

* **季语**　花野

* **赏析**

季语“花野”指的是鲜花五彩缤纷盛开的秋天原野。作者来到秋天原野，打算悠闲散步，突然看见一个人穿过原野迎面而来。作者没有点明是男还是女，留给读者去自由想象，但这个人仿佛全身被花香熏染，散发着香气。我也想和他一样，全身熏染着花香走过原野。

服部岚雪

はぜ釣るや水村山廓酒旗の风

垂钓虾虎鱼，
水村山郭酒旗风。

服部岚雪（1654—1707）

蕉门中仅次于其角的长老，武士。元禄元年（1687）开始接连出版《岁旦》《若水》《其袋》《或时集》等，与其角并称“蕉门双璧”。芭蕉说，“草庵有桃花、樱花，门人有其角、岚雪”，视他们为自己最得意的弟子。后来虽然与芭蕉的“轻妙”俳论意见不合，但仍然极其尊重芭蕉，真诚之心始终不渝。元禄八年（1695）剃发，悉心修禅，对俳谐不即不离，但门人众多，自成雪门一派。句风情感真挚，静谧稳重，温厚笃实，且时常纤细多感。

* 季语　虾虎鱼

* 赏析

虾虎鱼基本上栖息于海水和河口的交汇处，包括河流下游等处。身体细长，体型小，成年鱼长约 10 厘米。

垂钓虾虎鱼的时候，看见水村、山郭、酒旗，一幅恬静悠闲的乡村景象，身体感受秋风的清爽。

此句直接套用杜牧《江南春》中“千里莺啼绿映红，水村山郭酒旗风”的诗句，用“钓吓虎”的季语把原诗的“春意”改为秋兴的乐趣。

俳谐创作多有利用汉诗文的方式，有的只取汉诗的一两句诗意，加以发挥想象，经过加工锤炼，结合作者的心情，融化在俳谐里，为己所用，古今相融，托物寄情。如正冈子规取《诗经》中“桃之夭夭，其叶蓁蓁，之子于归，宜其家人”句意，创作俳句“蓁蓁桃叶嫩，娶君为家室”。把王维《奉和圣制从蓬莱向兴庆阁道中留春雨中春望之作应制》的“雨中春树万人家”译成俳句“春雨树绿十万家”。此句就是使用这种手法，汉诗与俳谐的转换显得自然顺畅，没有佶屈的感觉。这是他的代表作之一。

服部嵐雪

黄菊白菊その外の名は無くもがな

除此黄菊、白菊外，
其他无须有名字。

＊季语　菊

＊赏析

五彩缤纷的各种菊花里，只有黄菊、白菊的清香令人陶醉，最名副其实地体现菊花的清雅高洁的品格，因此，相比之下，其他菊花都可以不要名字。有人认为此句体现作者甘于清贫、不求富贵的品质。

此为岚雪名句，大受其角的称赞。据《俳谐世说》记载："其角深受感动，云：我一生都不及此句。其后每有人向其角乞菊花发句时，他便抄写蕉翁的'白菊尤显眼，洁净无纤尘'。或者岚雪此句，注明'其角书'以赠人，自己从不作菊花之发句。"

服部岚雪

名月（めいげつ）や煙（けむり） 這（は）ひ行（ゆ）く水（みず）の上（うえ）

圆月照澄明，
烟笼水上匍匐行。

*季语　圆月

*赏析

选自《玄峰集》。“圆月”指阴历八月十五的中秋明月。岚雪和其角是江户的蕉门双璧，此句是他的代表作之一。芭蕉有这样的俳谐：“郭公声音横水上”，另外还有几首俳句使用“水上”，看来很喜欢这个词语。岚雪此句捕捉迷离烟雾贴着水面上漂浮游移的现象，令人想象中秋明月在丰饶的河水里流淌的情景。

《三菱深川别邸秋之庭》川濑巴水

小西来山

秋风（あきかぜ）を追（お）へば我身（わがみ）に入（い）りにけり

我若追秋风，
秋风沁我身。

小西来山（1654—1716）

谈林派的重要成员，元禄时代的名家。主张俳谐使用“日常之词”，即《古今集》的“徒言歌”，就是不借用比喻，平淡吟咏内心的深刻感受。这既是他的文学观，也是他的人生观、处世观。擅长人事句，具有都市情趣。

* 季语　秋风

* 赏析

平安朝中期开始，和歌、俳谐都喜欢使用“身に入む”（沁入体内）这样的表现手法，尤其在描述秋天情趣的时候更有秋天的季节感、秋哀的感觉。和歌主要用来表现“哀感”，俳谐则通过表现对象体味“秋冷”的身心感受。此句意为“我发现：如果我追赶秋风，秋风就已经沁入我的身体里了”。“入りにけり”从语法上是表示“动作的完成体”，“けり”是回想过去的助词，意为“我从前就一直这么认为的”。作者追赶的对象是秋风，这是令人心情清爽的风，然而也许一过而去，作者没有得到满足，于是想追赶秋风。他一直就意识到，那样全身都沐浴在秋风里，心灵也捕捉到了哀伤的感受。

江左尚白

ふりかねてこよひなりぬ月(つき)の雨(あめ)

忍到今宵偏月雨。

江左尚白（1650—1722）

江户时代的俳人。俳谐先入贞门，后入蕉门，为近江蕉门耆宿。多才多艺，精谣曲、围棋、茶道，还收藏书画等。

*** 季语**　月雨

*** 赏析**

以现代感觉恐怕很难理解此句的内涵。“月雨”是俳谐特有的季语，指中秋夜偏偏下雨。中秋明月的季语还有“今日月”“今宵月”“月今宵”等，所有的季语都包含着盼望中秋一轮皓月的热切心情。连日阴云的天空，既然已经忍耐这许多天，为什么就忍耐不住，偏偏在中秋之夜下雨呢?

向井去来

岩鼻やここにもひとり月の客

遥望岩石上，
又有一位赏月客。

向井去来（1651—1704）

江户时代前期的俳人，蕉门十哲之一。与凡兆共同编纂《猿蓑》，被誉为“俳谐的古今集”。所著《去来抄》乃蕉风俳论之白眉。在嵯峨建落柿舍，芭蕉的《嵯峨日记》即创作于此庵。句如其人，温和稳重、质朴素雅，善于从正面捕捉对象，直截了当地抓住事物的本质。晚年对俳坛新潮流持消极态度，坚持信奉《猿蓑》风格，显示其保守的一面，但同时认为俳坛缺少芭蕉这样的革新人物。

*季语　月客

*赏析

此句因芭蕉与去来的问答而著称。据《去来抄》记载："先师曰：'汝作此句如何构思？'去来曰：'山野漫步，吟咏明月，见岩石顶上亦有一骚客。'先师曰：'此处称又有一位赏月客，确也风流，然宜为自称之句。'"去来的本意是说看见远处岩石顶上还有一人和自己一样在观赏明月，同为风雅之人，但芭蕉说岩石顶上之人应为作者自己。去来表现旁观者发现的喜悦，着眼点在于别人，月亮只是媒介。芭蕉则表现作者本身乘兴赏月的风雅，着眼点在于自我，所谓"又一位"，是对明月而言。俳谐形式简短，作者未必完全把自己的意图传递给读者，而且读者也可以从不同的角度进行独自的审视。作者不明确自己的创作意图，留给读者更大的想象空间，也许这样的俳句更具魅力。

榎本其角

名月や畳の上に松の影

今宵秋月圆，
松影映照榻榻米。

榎本其角（1661—1707）

江户时代前期的俳谐师，蕉门十哲第一人。曾编撰标志着芭蕉从谈林派向蕉风转变的著作《虚栗》，同时也确立了自己在俳坛的地位。在追悼芭蕉句集《枯尾花》中以门人代表撰写《芭蕉翁终焉记》，名噪一时。后逐渐摆脱蕉风，形成具有自己独特的风格、以新兴都市江户的文化为背景的新的俳论，并进行创作实践。其作品具有都市人的审美意识，尤其表现江户人的机巧风流，善于华美的比喻、精巧的构思，所作人事题材的俳谐，多有深奥费解之句。

* 季语　秋月

* 赏析

选自《杂谈集》。此句是其角的名作。“名月”指的是中秋的月亮。秋夜晴朗，圆月如水，把松树的影子映照在榻榻米上，诗中有画。其角句风豪放华丽，擅长根据中国典故创作绚烂浓艳的俳谐，但也有这样平易淡然的作品。此句清朗明亮的情绪是江户人其角的性格，芭蕉对此也表示尊重。

森川许六

十団子も小粒になりぬ秋の风

萧瑟秋风起，
江米团子也变小。

森川许六（1656—1715）

蕉门十哲之一。元禄五年（1692）入芭蕉门下，是芭蕉晚年的弟子。他精通狩野派绘画，通过美术的审美观理解蕉风的闲寂，深悟芭蕉“轻妙”俳论之要谛。元禄六年（1693），芭蕉在《许六离别词》中说：“其画余以为师，余教以风雅，以其为弟子。师之画精神深彻、笔致玄妙，其幽远奥秘。”芭蕉殁后，他著有与向井去来的俳谐对话集《青根峰》《韵塞》《篇突》等，弘扬芭蕉的俳谐思想。性格狷介傲岸，然句风精巧细致。

* 季语　秋风

* 赏析

许六在东海道宇津过山时，正是秋风瑟瑟，万物萧条，在他的眼里，连路边茶店卖的江米团子似乎也比以前小了。还有一种理解：茶店卖的江米团子的确比以前的小了，作者不由得感叹世间唯利是图的商人习气也居然波及这偏远淳朴的山间。这是运用象征手法抒发作者对悲秋的情怀。芭蕉赞此句有“余情”，对生活倾注着真切的情感。

上岛鬼贯

名月（めいげつ）や今夜（こんや）うまる子（こ）もあらぬ

今秋赏明月，
膝上无爱子。

上岛鬼贯（1661—1738）

江户时代前期的俳人。曾先后入贞门松江重赖、谈林派西山宗因门下。他在《独言》中提出俳谐创作的重要理论，主张“诚之外无俳谐”。即创作俳谐应该发自内心的真诚，追求意境，不应仅仅雕琢华丽的形式和语言。他的“诚之外无俳谐”和芭蕉的“风雅之诚”“幽玄”有共通之处，在俳谐的革新初期产生一定的影响，但未能在实践中充分发挥，没有达到芭蕉那样的文学高度。其句风率直平易、淡泊洒脱，多使用口语俗语，喜欢会话式的语调。

⋆ **季语**　明月

⋆ **赏析**

选自《佛兄七久留万》。“今日酷暑热，吹起石头尘。”“突兀秋空富士山。”鬼贯创作的俳句贯通古今、出类拔萃，但也使用普遍性的语言从独特的视角进行大胆的吟咏。然而，此句浸透着无限的悲哀。长子聪颖过人，鬼贯对他寄予莫大的希望，但在六岁时死于天花。即使是表达痛切哀叹的心情，鬼贯的俳句依然十分简练晓畅。

上岛鬼贯

秋风(あきかぜ)の吹(ふ)きわたりけり人(ひと)の顔(かお)

秋风拂人脸自知。

*季语　秋风

*赏析

从字面看，单纯叙述某种现象，其实通过平淡无奇的客观叙述，表达季节的本质要素，传递晚秋萧瑟的气氛。强调“人脸”，使读者更具悲秋的感觉。芭蕉有“胡须吹西风，谁子叹暮秋？”句，二者相比，鬼贯含蓄委婉，芭蕉直抒胸臆。

《江户四十八景之请地秋叶之境内》歌川广重

内藤丈草

蜻蛉の来ては蝿とる笠の中

蜻蜓常飞来，
笠中捕苍蝇。

内藤丈草（1662—1704）

江户时代的俳人，蕉门十哲之一。曾为藩士，后出家，移居京都、近江。晚年专心抄写《法华经》以追善先师，并于元禄十六年（1703）建经冢。句风闲寂，多吟咏身边杂事，题材范围狭窄，创作是“乘兴而吟，兴尽而忘”，十分随意，但他一直坚持芭蕉闲寂的风格。

* **季语**　蜻蜓

* **赏析**

此句题为《旅中》。作者叙述自己在秋阳高照的原野上行走，突然飞来一只蜻蜓，捕捉围着自己转来转去的苍蝇。古代俳谐的趣味往往在于其选题出于现代人的意料之外。此句也是如此。如今我们很难看见蜻蜓捕捉苍蝇的景象，而且这场捕杀还是发生在斗笠里面。一个“常”字，看来苍蝇很喜欢这顶斗笠。丈草是芭蕉的高足。

加贺千代女

朝顔(あさがお)に釣瓶(つるべ)とられて貰(もら)い水(みず)

吊桶缠绕牵牛花，
要水便向近邻家。

加贺千代女（1703—1775）

江户时代中期的俳人。又称加贺之千代、千代尼。生于加贺的裱糊家庭。据说十八岁时嫁给金泽藩的足轻（最下层武士），生一子，不久丈夫、孩子皆亡。有人认为她此后终生未嫁。俳句师事蕉门十哲之一的各务支考。大概在五十一岁那年冬天削发为尼。其以理智风雅而合乎潮流的俳句，成为江户时代著名的女俳人。

* 季语　牵牛花

* 赏析

这是千代女脍炙人口的名句。清晨出门汲水准备早餐，看见牵牛花缠绕在水桶上，盛开着鲜艳的花朵。作者不忍心将牵牛花扯断，便去附近的别人家里要做饭所需的水。

作品表现作者爱花的温柔之心，语言平淡，情趣清雅，具有江户时代俳人对语感的敏锐性。如“春雨潇潇土地笑，笑容盈盈荡原野”，“土地笑”“荡原野”都是千锤百炼的用语，作者机智地转化为表现潇潇春雨中露出盈盈笑容的土地的表情，然后抓住这种笑容从眼前的土地向更加辽阔的原野荡漾扩展的无法抑制的势头。此句表达生活在北国的千代女对春天的来临充满喜悦心情。

加贺千代女

月の夜や石に出て鳴くきりぎりす

今夜月儿明，
蟋蟀跳上石头鸣。

*季语　月夜

*赏析

金秋的月亮最为清澄明亮，遍照大地，庭院里的石头在月光下显得雪白。一只蟋蟀趴在石头上不停地鸣叫。蟋蟀的小小的影子落在石头上，它的声音突出了夜的静寂，仿佛在和秋月对话。月光映照的石头突出了月色的皎洁，这种纤细入微的感觉给读者留下深刻的印象。在这个明亮清静的世界里，小蟋蟀的鸣叫显示出生命之“大”声呼喊。

《富士十景之秋》吉田博

炭
太
祇

初恋や燈籠による顔と顔

初恋情，
贴近灯笼脸对脸。

炭太祇（1709—1771）

江户人。在与谢芜村成为夜半亭的核心以后，他参加三果社的句会，开始致力于京都俳坛的新风俳谐。他的句风强调写实性，稳静内向，擅长通过作品审视心灵波动，使纯朴的句境具有广度和深度。着眼于客体进行创作，以敏锐的感觉捕捉日常性的喜怒哀乐，在对生活的热爱中也透出细微的荫翳，表现“俗情”的市井趣味。尤其吟咏“人事句”，运用敏锐的感觉，别开生面，行走坐卧皆可成句，多姿多彩，成为中兴俳谐的代表性俳人。

*季语　灯笼

*赏析

“灯笼”指秋天盂兰盆节时挂的灯笼。一对初恋的少男少女脸对着脸地贴近昏暗光亮的灯笼旁边，互相深情地凝视着。这盏灯笼也许悬挂在屋檐下，也许摆放在门前的台子上，映照出这一对恋人美丽的纯真。把迎接亡灵回家的盂兰盆节与初恋联系在一起，两种迥异的气氛造成奇特的效果，如一个特写镜头表现出现实世界里的丰富情感。

炭太祇

寝よといふ寝ざめの夫や小夜砧

丈夫醒来催“快睡”，
夜半犹闻捣衣声。

*季语　捣衣

*赏析

丈夫半夜醒来，听见妻子还在捣衣的声音，便催促她说：“已经很晚了，快睡吧。”此句的“捣衣声”没有和歌所表现的哀切思夫之情，而是透出作者对妻子的亲切关怀。以会话入句，还有如“主仆路上行，言道‘东风吹’”，主仆二人在初春的阳光里行走，主人对仆人说：“已经到了东风吹拂的时节。”二人之间洋溢着柔和融洽的气氛。

《出云松江三日月》川濑巴水

炭
太
祇

空遠く声あはせ行く小鳥かな

小鸟儿，
呼朋唤侣，
飞向远天去。

*季语　小鸟儿

*赏析

每到秋季，小鸟成群结队地在长空飞过，南来北往，因此，“小鸟”成为秋天的季语。作者遥望飞去的鸟儿，从声音和动作同时捕捉飞鸟的感觉，听觉和视觉的结合产生在辽阔的天空呼朋唤侣、自由自在地飞翔的鲜明的“小鸟儿”的形象中。作者喜欢观察小动物，将其入句，表现出温情的爱心。如“冬天草木干枯时，雨水管里听麻雀”“放你手上萤火虫，亮光晕染手指间”“待在里面不自在，蜗牛探头爬出来”。

与谢芜村

柳（やなぎ）ちり清水（しみず）かれ石（いし）ところどこ

柳落清水涸，
处处见石头。

与谢芜村（1716—1783）

江户时代中期俳人、画家。其画与池大雅比肩。对汉诗文有很高造诣。他是天明时代俳谐中兴的代表，印象鲜妍的唯美浪漫句风与芭蕉的“优雅闲寂”形成鲜明的对照，具有近世诗歌新风，开拓了与芭蕉迥异的艺术世界，在俳谐史上的地位可以与芭蕉媲美。著有俳谐句文集《新花摘》、长诗《春风马堤曲》等。

*季语　柳落

*赏析

此句收在雁宕、阿谁编撰的《反古衾》里。有注云："阴历十月初，在下野国修业，眼前忽见一古树，若'游行柳'。""游行柳"是观世信光创作的一出能乐（日本的古典戏曲）剧名，讲游行上人过白河关时遇柳树精的故事。柳树成精，故名为"游行柳"，此句借以言老柳树。

此句意思平白，晚秋时节，柳树叶黄凋落，路边的清澈流水也已干涸，到处露出水底的石头。后来，芜村作画，题赞云："赤壁前后赋，字字绝妙，其中山高月小、水落石出尤佳，如鹤立鸡群。昔日沿'奥州小道'行走时，在游行柳下，忽然想起此诗"，乃作发句。可见，芜村创作这首俳谐受到日本古典戏曲和中国古典诗歌的双重影响，并把二者糅合在一起，营造出枯淡清瘦的秋天气氛。

与谢芜村

鳥羽殿（とばどの）へ五六騎（ごろくき）いそぐ野分（のわき）かな

五六骑，
飞驰鸟羽殿。
秋风疾。

* 季语　秋风

* 赏析

此句题为《秋风》。鸟羽殿在京都市，是白河院、鸟羽院的离宫。五六个人骑着快马在秋末冬初的寒风中疾驰鸟羽殿。一定是发生了什么大事，才如此十万火急。此句大概是芜村在读到《保元物语》中描写崇德院举兵谋反的故事时想象当时兵荒马乱、战争频仍的乱世而作的。秋末冬初，朔风呼啸，透出沙场鏖战的气氛，“秋风”也象征着动荡的风云。他的吟史句在俳坛独占鳌头。如“霰珠乱打漂母锅”，吟咏司马迁《史记》中韩信的故事，以霰珠打在铁锅上的一片刚硬凌乱的声音烘托漂母坚毅刚烈的性格。他的句风充满活跃的情绪，荡漾着热烈的气氛，同时富纤细敏锐的感受性。

与谢芜村

秋立(あきたつ)や素湯(さゆ)香(かぐわ)しき施薬院(せやくいん)

秋来烧开水，
香透施药院。

*季语　秋

*赏析

施药院由圣武天皇的光明皇后创立于八世纪初，一直延续到平安时代，是给穷人提供免费医疗服务的设施。此句是说大锅里烧着开水，热气腾腾，准备使用这开水泡药或熬药，在秋天的清新爽快的空气里，仿佛闻到开水的香气。开水的热气是白的，白同时也是秋色，两种“白”重叠在一起，营造出“香气”纯洁无垢的品味，所以只能是秋天的俳句。

《富岳三十六景之下目黑》葛饰北斋

与谢芜村

月(つき)天心(てんしん)貧(まず)しき町(まち)を通(とお)りけり

月到天心处，
独过贫民街。

⭑**季语**　月

⭑**赏析**

这里的“月”是秋月，夜深人寂，月色清冷，“我”独自走过人们已经进入梦乡的穷人居住的街市。万籁俱寂的秋夜，只有月光静静地守望这样的贫困，“我”从贫困中穿过，明亮的月色与黑暗的屋檐形成明显的对比，但“我”感觉到人们生活的气息，明天这里又将开始喧闹的生活，而今夜，“我”也是秋月守望的一个景物。作者不是在静态、而是在动态地观察人的所在。此句冷静思考人的命运的力量，具有清冽的透明感。“月到天心”典出宋朝诗人邵雍的《清夜吟》“月到天心处，风来水面时”。

与谢芜村

甲賀衆のしのびの賭や夜半の秋

秋夜甲贺众，

比赛隐身术。

* 季语　秋

* 赏析

所谓“隐身术”，就是常说的“忍者”。据说甲贺地区（滋贺县）的隐身术尤其高明，江户幕府时代担任警察的工作，称为“甲贺众”。这首俳句说在漫长的秋夜，忍者们待着没事干，觉得无聊，互相比赛隐身术，借以消磨时间。吟咏忍者的俳句极为罕见，当然这完全是作者的虚构，却又好像实有其事。但实际上并不存在“甲贺流派”，著名的是“伊贺流派”，“甲贺派”只是甲贺地区多种忍术的通称，没有形成一个流派。

大岛蓼太

わが影(かげ)の壁(かべ)にしむ夜(よ)やきりぎりす

身影渗墙壁，
寒蛩秋夜鸣。

大岛蓼太（1718—1787）

江户时代中期俳人。宽保二年（1741），从江户沿芭蕉“奥州小道”的路线旅行，收集芭蕉遗作。延享四年（1747）任雪中庵三世，提倡回归芭蕉，为普及俳谐和弘扬芭蕉业绩做了大量工作。蓼太著作颇丰，编纂书籍二百余种，门人号称两千。其作品平易明快。

⋆**季语**　秋夜

⋆**赏析**

深秋寒夜，万籁俱寂，灯影昏暗，独处岑寂。墙上映照出自己孤独的身影，耳边是蟋蟀的哀鸣。这壁上暗影仿佛不是灯光的映照，而是从墙里面渗透出来的。读罢令人感觉凄凉哀婉，万斛愁绪萦绕心间。蓼太的俳谐感觉纤细，沁人肺腑。如“夜静更已深，犹闻木炭敲碎声”，描写夜深人静，为了给火盆续火，用木炭敲碎木炭，声音格外清脆，充满冬夜寒气，散发着浓郁的生活气息。

大伴大江丸

ちぎりきなかたみに渋き柿二つ

两个涩柿子，
各自摘一个。

大伴大江丸（1722—1805）

经营转运邮送业，足迹遍及全国各地。七十岁时隐居，致力俳谐，师从大岛蓼太。注重口语，幽雅滑稽、轻妙自在的句风对一茶产生影响。善俳画，精书法。作品颇丰，编著有《俳谐袋》《俳忏悔》等。

*季语　柿子

*赏析

两人各自摘了一个柿子，本以为是甜的，却都还是涩的。此句模仿《后拾遗集》中清原元辅的和歌“泪水涟涟湿衣袖，两相情誓永不变。不使浪越末松山，无奈君心已思迁”。日文的“摘取”与“情誓”谐音，作者把这种苦涩的恋情形容为咬着青涩柿子而皱起眉头的表情。

大伴大江丸

名月や月の名所は月にあり

中秋赏明月，
赏月名胜在月里。

*季语　明月

*赏析

此句的题记引用古人上岛鬼贯的话，论述俳谐之道乃“似浅实深，似易实难以传”。这首俳谐意为不是赏月名胜地的月色美，而是月亮本身美，也可以理解为作者告诫当时的俳人不要把俳谐只停留在口头上，讽刺为眼前一时繁荣现象而沾沾自喜，提倡回归俳谐的本质。当然，作品本身也富有情趣，其构思与一般的思路大异其趣。

《溪流》吉田博

榎本星布

蝶老てたましひ菊にあそふ哉

可怜蝶已老，
灵魂戏菊花。

榎本星布（1722—1814）

江户时代中期的女俳人。师事加舍白雄。年轻丧夫，削发为尼。建立芭蕉句碑，出版纪念芭蕉的著作《蝴蝶的日光》。该书出版前失去其子唤之，此后情绪消沉。

*季语　菊花

*赏析

晚秋的蝴蝶有气无力地在菊花上飞舞游戏。死期将临的蝴蝶的飞翔在作者眼里，仿佛是灵魂梦幻般游荡在菊花上。作者敏锐地感觉到自己老之将至的心态，以晚秋的蝴蝶相喻，深含悲哀。又如“白发缠木枕，秋夜寒难寝”，以白发缠木枕比喻心情烦恼、无法解脱、难以入眠的秋寒夜冷的寂寞。“春将去，蓬中有人骨”，这首异乎寻常的俳谐也十分有名。

高桑阑更

筆取て千草の花おおくるるな

援笔莫逊百花艳。

高桑阑更（1726—1798）

江户时代中期的俳人。原是商人，后抛舍家业，专注俳谐。在东山建芭蕉堂，供奉许六雕塑的芭蕉像，每年三月举行芭蕉会，提倡复归芭蕉。以平明的句风在京都地区自成一派，门人众多。作品清韵洒脱。

＊季语　百花

＊赏析

此句的题记云：“有小町、式部之美女才媛之国，今学之不会逊色。”看来是送给某位女性以鼓励其学习的作品。小町，指小野小町（809—901），平安时代早期的著名歌人，“六歌仙”的唯一歌人，《古今和歌集》收录作品的唯一女性；式部指紫式部（978—1016），平安时代文学家、歌人。中古三十六歌仙之一，著有《源氏物语》。“百花”指秋天原野上盛开的鲜花，比喻日本多如繁星的优秀女子。这位女性大概是阑更寄予很大希望的女弟子。从中可以窥见江户时代的杰出文人的女性观。

三浦樗良

嵐吹く草の中よりけふの月

狂风吹野草，
从中升起今宵月。

三浦樗良（1729—1780）

俳谐先学蕉风，后与芜村交往。性格放荡不羁，晚年剃发为僧。句风质朴淳厚，作品多取材生活小事，有人情味。著有《白头鸦集》《我庵集》。

***季语**　今宵月

***赏析**

暮色渐浓，辽阔原野，野草在狂风中波动起伏。这时，一轮明月仿佛从草中缓缓升起，逐渐变大变圆。作者的目光先是地面，然后眺望天空，构成一幅壮阔的场面。草和月、地和天、静和动、近和远的安排使朴实的写景产生清冽的诗意。“今宵月”在这里特指八月十五的中秋明月。“从”字同时暗示着时间和空间的起点，包含着作者等待和惊叹的心情，也流露出对大自然在剧烈动荡中走向凋零衰微的伤感。此为樗良的代表作之一。

加藤晓台

九月尽遥に能登の岬かな

秋风九月尽，
遥望能登岬。

加藤晓台（1732—1792）

江户时代中期的俳人。宝历十三年（1763）编撰《蛙啼集》，拥有众多弟子，形成暮雨巷一派。明和五年（1768）举行《秋日》歌仙连句，以高雅素淡的情调寻求芭蕉的艺术世界。芜村殁后，成为京都、大阪一带俳坛的长老。宽政二年（1790）被二条家封为俳谐宗匠。其句风有的高雅幽艳、纤细稳重；有的豪放雄浑、气势壮伟，善于直觉地把握诗歌世界。

* **季语**　秋风

* **赏析**

“能登”，在石川县北部。“岬”是海湾。“九月尽”乃阴历秋末、九月的最后一天。“尽”字含惜秋之情，站在激浪汹涌的海边，遥望迷蒙的能登海角以寄托羁旅之心，充满悲秋之感。从《万叶集》天平时期大伴家持开始，能登半岛以其地理环境所产生的独特感觉和古老的民俗文化，以及淳朴的风土人情诱发天涯游子的离愁。同样描写秋天，高井几董有“晚餐食鱼秋亦悲”句，从平淡无奇的日常生活中提取悲秋的纯粹性。

加舍白雄

めくら子の端居さびしき木槿かな

盲目女孩坐廊缘，
木槿花开多岑寂。

加舍白雄（1738—1791）

江户时代中期俳人。主张创作俳谐应排除私意，自然天成，“不修饰别人，不修饰自己，不修饰文章”（《不修饰》）。他强调以世界万物感应于心，深入感情深处，然后用平易自然的语言表达出来，无须修饰。

* 季语　木槿

* 赏析

木槿树高达三米，夏末秋初开放淡紫、淡红、白色的多瓣花朵。朝开夕谢。傍晚时分，一个盲目的小女孩坐在外走廊的尽头上。她看不见盛开的木槿花，她不知道天色已暮，她的心灵无比寂寞，木槿树也因此而孤独。作者充满对不幸的弱者无限的同情。这首俳句会引发读者的许多联想。

夏目成美

何人か住みて顔出すまどの蔦

窗外探头常春藤，
居家是何人？

夏目成美（1749—1816）

江户时代后期俳人。十八岁因患痛风，右足不便，自称“俳谐独行之旅人”。五十多岁时把家业交给长子，自己结庵隐居，积极开展俳谐活动，他不属于任何派系，以清雅之句风、卓越之见识受人敬慕，是当时第一流的俳人，与建部巢兆、铃木道彦并称“江户三大家”。他崇尚芭蕉，是研究芭蕉的权威。作品语言凝练，体物精细，细腻地表现都市人的敏锐感觉，可以说不受世俗浊流所污染，终生以高雅的态度贯彻芭蕉的精神。

* **季语**　常春藤

* **赏析**

此为成美代表作之一。作者采取拟人化的手法，常春藤从窗外探出头来，似乎在观察屋内的情景，好奇地猜测这家里住的是什么人呢。借用秋天的常春藤的发问，透出人心的温暖。相类似的作品如"且待来月清辉照，透见云晕葡萄核"，"来月"，指阴历九月十三日夜。正是葡萄成熟的季节，在月光的映照下，透过薄薄的紫色葡萄皮，仿佛能隐约看见里面那一粒粒小小的葡萄核。月色的幽远静谧与葡萄核的朦胧含蓄构成诗的美。

田上菊舍

ゆひ目解ばみな咲て居り萩の花

（めとけ　さい　お　はぎ　はな）

绳子一解开，
胡枝子花齐绽放。

田上菊舍（1753—1826）

天明、宽政时期的女俳人。十六岁嫁村田家，二十四岁丧夫，二十八岁削发为尼。游历各地。精书画、茶道、古琴。花甲时撰自贺句集《手折菊》。

* **季语**　胡枝子

* **赏析**

平时经常与鲜花打交道的人恐怕都能从这首俳谐中感觉到发现的喜悦心情。把捆着胡枝子的绳子一解开，一枝枝纤细的花枝散开来，枝头仿佛一齐绽放可爱的花朵。原来藏在花束里的姣颜美色一下子跳跃出来，而作者极其自然地捕捉到这瞬间的感受。这是她三十来岁时的作品，充满新鲜的感觉，表现出潜藏于女尼心灵深处的奔放心态。

小林一茶

夕霧や馬の覚えし橋の穴

秋野夕雾笼，
马儿记得桥上洞。

小林一茶（1763—1827）

信浓农家长子，三岁丧母，一生大多穷困潦倒。俳句吟咏庶民的喜怒哀乐，句风平实通俗，明白如话，清新轻妙，表现农民的强烈个性。然而，他的这种充满泥土气息的大众性通俗性俳谐在当时得不到社会的承认，至明治四十年代以后，人们才从反映生活的辛酸、被压抑的人性和抵抗的呼喊的视角重新认识一茶俳谐的价值。芭蕉、芜村、一茶是江户时代的三大俳人，一茶是后期的代表。他的俳句是心灵被蔑视的贫寒的农村知识分子愤世嫉俗、嬉笑怒骂的真实写照，折射出时代的褶皱。

*季语　夕雾

*赏析

薄雾笼罩的秋日黄昏，一天劳作结束以后，马夫和马儿一起走过木桥回村。桥上有一个凹洞，如果马儿不小心踩上去，恐怕会被绊倒。但是马儿已经走惯这条路，自然而然地避开。此句描写农村生活的一幅小景。从中仿佛也能感觉到一茶亲切的目光。一茶作此句时五十七岁，是他人生中心情最安定的时期。

小林一茶

麦秋や子を負ひながらいわし売り

正是麦秋时，
前来叫卖沙丁鱼，
背上孩子哭。

*季语　麦秋

*赏析

收割麦子的时候，来自越后的女人前来叫卖沙丁鱼、海带、海白菜等，背上的孩子在哭泣。一茶的故乡柏原是北信浓高地上的寒村，土地贫瘠，连荞麦、小米都难以生长。如遇干旱少雨，贫困至极。同样描写农村生活的如“我村插秧已完毕，斗笠再去谁家田”，“斗笠”指插秧时戴的斗笠。农忙时节，贫穷山村的农妇帮助别人插秧，本村已经插完，别的村子谁会雇自己去呢？这些俳谐清晰地勾画出当时农村的世相，如此关注艰难环境里的农民生活，痛切地表现他们不屈不挠、顽强奋斗的性格的俳谐在以前未曾有过，这是一茶的可贵之处。

小林一茶

秋（あき）の风（かぜ）親（おや）なきに我（われ）を吹（ふき）そぶり

父亡无慈亲，
秋风吹我身。

*** 季语**　秋风

*** 赏析**

此句题为《陟岵》。"陟岵"为登临童山之意，语出《诗经·魏风》："陟彼岵兮，瞻望父兮。父曰嗟，予子行役，夙夜无已。上慎旃哉，犹来无止。"写戍边征战的士兵登山遥望家乡、思念亲人的心情。一茶当时身在江户，怀念故乡的亡父，不能自禁，借古诗之意抒发孤愁之情怀。

此句见于《享和句帖》，该帖多有"俳译"《诗经》之句。所谓"俳译"，其实就是取《诗经》之词语或诗意为我所用，寄托自己的感情。"望见河西我故乡，早晨袭人寒"(《谁谓河广》)，把宋女出嫁卫国思归不得（一茶当时大概理解为卫文公妹妹思归宋国的典故）化在自己的思乡情绪里。"独身居陋屋，秋夜相慰藉"(《有狐绥绥》)，也是化取《诗经·有狐》"有狐绥绥，在彼淇梁。心之忧矣，之子无裳"的含意创作的，当时一茶年过四十，尚无妻室，在江户亦无固定工作，和一些独身者混居在简陋的大杂院里，秋夜萧瑟，孤寂的独身者和睦相处，相互慰藉。"傍晚阵雨骤，马儿亦向故乡嘶"(《葛藟》)，出自《诗经·葛藟》："緜緜葛藟，在河之浒。终远兄弟，谓他人父。谓他人父，亦莫我顾。"说的是战乱中与兄弟失散，被人收养，但这个养父也由于避难而无暇顾及自己。一茶把原诗的"自己"改为"马儿"，马儿离群，独向故乡嘶鸣，倾诉作者的怀乡之念。那么，一茶为什么对《诗经·国风》如此感兴趣进行“俳译”呢？一个重要的因素，大概是为了学习中国古典诗歌的表现手法。俳谐的发句作为诗歌形式简单朴素，为克服其节奏单调的弊病，必须使用直述、比喻等表现手法。

《通天桥之秋》三木翠山

村上鬼城

瘦馬（やせうま）のあはれ機嫌（きげん）や秋高（あきたか）し

金秋碧空高，
可怜羸马自快活。

村上鬼城（1865—1938）

患重度耳疾，一生多贫困，其作品充满平民的感情，表现对贫穷、疾病、残疾、弱者、被欺凌者的无限同情，吟咏人生不幸的忧愁苦恼，显示出与艰苦境遇进行拼搏的顽强不屈的意志，句风粗犷。

*季语　秋高

*赏析

日本成语云“秋高马肥”，而句中的马是“羸马”。它在清爽的秋日里优哉游哉，自在快活，这情景更令人觉得可怜悲伤。读者从这匹“羸马”中可以发现支撑孩子众多的家庭生活的作者辛酸苦涩的影子，又有一种苦中作乐的啼笑皆非的感受。这是鬼城的“境遇之句”，可贵的是，他没有一味地哀叹，而是正视贫苦，坚持人生。

村上鬼城

親よりも白き羊や今朝の秋

羊羔更比母羊白，
今晨秋。

*季语　今晨秋

*赏析

“今晨秋”是立秋的季语，在八月八日前后。其实，这个时候的“秋老虎”依然炎热，真正感觉“今晨秋”恐怕是在九月以后。不过，只能听到“立秋”这个词，就会感觉秋风吹拂的心动。作者看见山麓的羊群，母羊经过岁月的风雨，毛色已经暗淡，甚至污脏，而小羊羔的毛色是那样洁白新鲜，清爽的图画表现出俳句的单纯性。也许作者想到了自己年迈的母亲的白发。

正冈子规

柿くへば鐘が鳴るなり法隆寺

啖秋柿。
钟声何悠扬，
法隆寺。

正冈子规（1867—1902）

俳人、歌人。他推动俳句、短歌的革新运动，大力开展“日本派”俳句，发行《杜鹃》，成为俳坛主流。他是明治俳论的开拓者，也是近代俳论的开创者，“子规派”的作品使俳句以崭新的面貌出现在明治新时代的俳坛上。主张写生手法，句风富于变化，情趣丰富，最能表现他的奔放不羁的诗魂和追求纯粹诗歌精神的力量，晚年追求平淡隽永。患肺疾、脊椎骨疡，卧床不起。歌集有《竹乃里歌》《病床六尺》等。

***季语** 秋柿

***赏析**

这首俳句题为《法隆寺茶店小憩》，为子规名作，脍炙人口。在法隆寺附近的茶店里看到卖柿子，便驻足买柿，正吃着的时候，听见从法隆寺传来钟声。法隆寺的钟声与柿子本来毫无关系，但这样组合在一起，虽为偶然，却暗含某种因缘的感觉。这就是作品的中心点。作者信手拈来，自由洒脱，不着痕迹。貌似拙直，其实写秋天缜密细致，抓着典型事物，淡泊情趣，精到精神。

正冈子规

鶏頭(けいとう)の十四五本(じゅうしごほん)もありぬべし

应有鸡冠花，
十四五株曾经开。

*季语　鸡冠花

*赏析

这首名句吟咏院子里盛开的鸡冠花，色彩异常鲜艳。去年秋天，这鸡冠花也开得如火如荼，大概有十四五株吧，至今依然历历在目。此句是明治三十三年（1900）九月九日句会上的即兴之作。当时子规正在病中，他回忆自家院子里的鸡冠花曾开得十分旺盛。那火红的鸡冠花象征着坚强活跃的生命力，子规憧憬这美丽、健康的身躯和健壮的意志。通过在一个空间描绘客观事物的手法，创造出两种生命感接触的世界。此句正因为具有真实的基础，才给予读者千变万化的不同感受，“应”一字的推量表现出作者的坚定意志。山本健吉认为，“火红燃烧的鸡冠花虽然粗俗平凡、其貌不扬，但是聚集在一起的强韧的花冠形成鲜明的心象风景”，象征着“作者坚强的意志力”。(《〈病床六尺〉的世界》)

正冈子规

朝顔や紫しぼる朝の雨

盛开牵牛花，
晨雨染成紫。

* **季语**　牵牛花

* **赏析**

清新的晨雨落在深紫色的牵牛花上，雨水仿佛被染成紫色滴落下来。牵牛花明丽鲜艳的紫色通过“染”字与淡紫色的雨水交映在一起，增强了句作的色彩感。这首俳句作于明治三十一年（1898），子规的写生观开始变化，认为写生不是单纯即物构思，应该考虑作品整体的倾向性。这是从朴素的写生向印象派写实的转变。在这首俳句里，“染”字是“诗眼”，使整首作品活起来。

正冈子规

初秋の石壇高し杉木立

初秋石台高，
数株杉树茂。

* 季语　初秋

* 赏析

这是明治二十七年（1894）八月子规和内藤鸣雪、中村不折一起去王子游览时的即兴句。不折的评价是“途中实景”。（不折《子规言行录》）写生本是绘画手法，子规将这种直接把握事物的方法运用于俳句，以此革新俳句。俳句所描绘的景色就是画里的实景，可以直接绘成一幅画。这是子规写生法创造俳句的尝试，他感觉到俳句与绘画的接点，实景写生就是把重点放在色彩、线条、构图这些视觉、感性上。他提出在创作的时候，先把自己还原成一张白纸，然后面对实景，与自然对话，获得合适的主题，这样就能够从以风雅、滑稽、教化等特定的观念看待现实的传统模式中摆脱出来。另外，绘画式地剪裁景物就是凭借感觉剪裁现实，基本上无须上述特定观念进行操作。创作的素材则是大自然景物，俳句的情趣正是在于简单，简单是俳句本质的属性。因为人事社会过于纷繁复杂，俳句最合适表现以大自然景物为素材的简单优美高尚的情趣。另两首是“杉树耸秋天，夕阳照茶馆”“入浴温泉澡，玉米秸秆打后背”。

夏目漱石

霧黄なる市に動く影法師

黄雾蒙蒙迷街市，
恍见人影踽踽行。

夏目漱石（1867—1916）

小说家，其作品具有鲜明的现实主义倾向，《我是猫》等是日本近代文学的代表作。受子规的影响创作俳句，句风注重创意，构思新颖，趋于浪漫，或洒脱幽默，反映作者高雅澄洁的心境。他的俳句叙述主观感受，好用汉语、俗语。

*** 季语　黄雾**

*** 赏析**

这是《于伦敦闻子规讣报》五首俳句之一。明治三十五年（1902）九月十九日拂晓，子规殁。十二月一日，在伦敦留学的漱石作俳句寄给高滨虚子。漱石离日赴英前，与子规告别，双方都预感到这是最后一面。漱石在伦敦得到子规去世的讣报，哀恸至极，恍若在浓雾迷蒙的异国街头看见子规的人影在踽踽独行。“黄”是忧郁的象征，也表明漱石的悲伤。

夏目漱石

秋の江に打ち込む杭の響きかな

秋江打桩声响天。

* 季语　秋

* 赏析

漱石于明治四十三年（1910）八月因胃溃疡在伊豆修善寺吐血昏迷。此句作于发病十天以后，他躺在病床上，偶有所感，即兴而作。万里无云的秋空，辽阔的海湾，远远传来打桩的声音，这巨大的声音似乎能贯彻云天。作品所表达的仿佛是病人静卧山间的幻听，但从中传递着作者宁静清澄的心灵。生命从死亡线上的复苏改变了他的人生。

在修善寺疗养期间，他的心情犹如从生活的压迫中逃脱出来，恢复自由。“粥味如春滴落肠”，稀粥的味道如同春天的感觉沁入肺腑。漱石晚年提倡“则天去私”，“别梦一条银河阔”“秋去也，一卷书籍未读完”“秋风起，似鸣不鸣葫芦瓢”等句，格调澄明的意境含带着禅宗的韵味。

尾崎红叶

星既（ほしすで）に秋（あき）の眼（まなこ）をひらきけり

星星已经睁秋眼。

尾崎红叶（1867—1903）

小说家、俳人。与山田美妙成立砚友社，创刊《我乐多文库》。在俳句方面，成立秋声会，与日本派对抗。俳句集有《红叶山人俳句集》《红叶句集》《红叶句帖》。

***季语**　秋

***赏析**

选自《红叶山人俳句集》(1904)。这是红叶于明治三十六年(1903)殁后由濑川疏山编辑出版的红叶第一部句集，按季语类别编排，此句收在八月“立秋”项目里。白天还很炎热，但夜晚的星光已经发生些许变化。作者捕捉这微妙的感觉，十分新鲜。红叶在西方文学上颇有造诣，此句具有西方浪漫派诗歌的韵味。

河
东
碧
梧
桐

紫苑野分今日とし反れば反る虻音まさる

深秋狂风里，
紫苑起伏挺伸起，
牛虻声渐大。

河东碧梧桐（1873—1937）

早期投入子规的俳句革新运动，成为新派俳句的代表性俳人。后提倡“新倾向派俳句”，与高滨虚子对立，着意部分写生、发挥个性、强调主观心理描写，形成暗示性的句风。最后摆脱定型和季题的传统格式，提倡自由律俳句。1933年六十岁时，退出俳坛。他的句风历经多次变化，富有题材个性和象征含义。句境开阔，生动新鲜，以新词入句，生动活泼，在题材个性化和词汇使用上具有强烈的时代气息。有的一句使用几个不同季节的季题，后期还创作不少破格句，无季题句，甚至有的句作长达三十多音，类似“自由诗”。

*季语　深秋

*赏析

此句题为《庭院小景》。这是碧梧桐新写实主义的作品，采取汉字注音的方式阅读俳句，可以延伸原意。作者眼中所见的是庭院里被深秋初冬的狂风吹得狂乱摇摆的紫苑，所闻的是逐渐增多的牛虻的声音，表现的是在风中起伏摆动的紫苑不屈生长的坚韧生命力。吹刮的大风唤醒作者的潜意识，附加具象表现感情的波动，所见与所闻结合起来，写出作者心灵的感动。这首俳句不是单纯描写事物的外在形象，而是表现受外在事物感动的精神状态。

碧梧桐虽然破坏定型律，不太在乎俳句的语体等外在条件，但依然着眼于对人和人生的强烈追求，具象地表现律动化的感情。

高滨虚子

桐一葉日当りながら落ちにけり

梧桐一叶落，
飘零泛秋阳。

高滨虚子（1874—1959）

大正后半期的俳坛领袖。与河东碧梧桐并称子规门下双璧。与河东截然不同，虚子自称“守旧派”，坚持传统，主张俳句的内容可有自由的思想，但十七字的定型、一句独立、季题是不可动摇的铁则。以子规的写生论为基础，倡导客观写生“讽咏花鸟”，并努力推动行吟创作的实践。他主持的《杜鹃》培养出一大批大正、昭和时代俳坛的代表性作家，成为日本俳坛历史最悠久的杂志之一，大致反映出明治、大正、昭和三个时代俳句史的大观，受人推崇。昭和二十九年（1954）被授予文化勋章。一生留下数量庞大的句作，风格或平易淡白、或秀逸轻妙、或纯朴清新。著有《高滨虚子全集》（16 卷）。

* 季语　梧桐一叶

* 赏析

此句的季题源于“一叶落而知天下秋”，但作者不受“悲秋”的传统观念的束缚，只写一片树叶在阳光的辉映下飘零坠落，着眼点在于即使是落叶，在阳光里也闪耀着瞬间生命的辉煌，“泛秋阳”和“落”是眼前的光明与即将来临的寂寥的强烈对比，从鲜明的小景发现崭新的天地，蕴含着对宇宙运行法则的感受。

虚子得意之笔是以小见大，从大处着眼，从小处入手，衬托出巨大的背景。

如“金龟子，扔掷窗外去。夜深沉”，描写把飞扑灯光的金龟子捉住，随手扔到窗外，虫子悄然无声地被黑暗的深渊吸收进去。“柄杓浮水面，细雪落杓中”，浮在水面的杓子本来就很轻，上面薄薄一层春雪更轻，暗示着春天的来临。还有如“萌芽初露，定是大事。”“长蛇逃去，无影无踪，盯我双眼，犹留草中。”皆讲求含蓄，言近旨远，深得骨法之妙。

大须贺乙字

かりな　　　おおつぶ　あめおと
雁鳴いて大粒な雨落しけり

雁声鸣，
大滴雨珠落。

大须贺乙字（1881—1920）

明治、大正时期的俳论家，在新倾向运动的理论创新中具有先驱者的作用，由于他的一系列俳论，揭开了新倾向运动的序幕。后与河东碧梧桐绝交，对其大张鞭伐。乙字是新倾向派内主张定型、季题俳句格律的坚决维护者。他在论战中往往孤军作战，游离于俳坛的主流之外，养成孤傲狷介的性格，其句风气魄雄浑，有紧迫的节奏感。

*季语　雁

*赏析

晚秋时节，北雁南飞，叫声哀婉，抬头望去，不意几滴大雨珠掉落脸上。雁声、天空、雨点，作者着眼于大处，笔触悠然自在。透过雁声、雨滴这些表面的东西，作者吟咏的大概是一种没有明白说出来的晚秋气氛。这就是"暗示法"的隐喻。

小泽碧童

秋風や都から来て蛙釣り

秋风起，
东京来此钓青蛙。

小泽碧童（1881—1941）

俳人。东京人。经营药厂。俳句师事河东碧梧桐，在碧梧桐旅行期间，由他挑选《日本》俳句栏目的作品。曾创作自由律俳句，晚年回归定型律。殁后出版有句集《碧童句集》。

* 季语　秋风

* 赏析

选自《碧童句集》(1960)。题记云:“看望避难于葛饰平井乡下的妻子里方，一宿。”此句作于大正十二年(1923)九月一日关东大地震之后。作者生于江户日本桥，是典型的江户人，由于意外的天灾，他来到陌生的土地，夫妻二人都死里逃生。这是以戏谑的手法表现劫后余生的幸运心态。从其俳名也可以知道，“碧童”意为河东碧梧桐门下的自由律俳人，但在大地震后回归定型俳句。

渡边水巴

月の餅搗くや鶏頭真ッ赤なる

祭月捣年糕，
鸡冠花鲜红。

渡边水巴（1882—1946）

大正四年（1915）成立曲水吟社，翌年创刊俳句杂志《曲水》，成立曲水吟社，任社主长达三十年。他主张俳句的本质在于情调，其作品强调表现个人的情绪主观性，具有唯美倾向，兼有纤细潇洒的江户情趣。著有《水巴句集》《白日》《富士》《夏天的风景》《新月》等。

*季语　鸡冠花

*赏析

此句题为《鹿野山中秋》。秋天的阳光灿烂照射在农家院子里，人们正忙着捣年糕，鸡冠花沐浴着秋阳格外鲜红。天空万里无云。到了傍晚，就要摆设芒草、刚刚捣好的年糕、芋头、栗子祭祀月亮。明月东升，鸡冠花消失在夜色里。俳句表现人们等待中秋明月升起的心情。鸡冠花鲜艳的色彩暗示着良宵的美好。

渡边水巴

あきかぜ　め　は　な　あぶらぜみ
秋风や眼を張って啼く油蝉

秋风拂树林，
梨蜩瞪眼鸣。

* **季语** 秋风

* **赏析**

梨蜩的唧唧叫声正是酷热的标志，但很快变成清爽的秋蝉。“瞪眼鸣”一句淋漓尽致地表现梨蜩的形态。当然，作者并没有看着梨蜩的眼睛，这完全是一种想象。现代俳人饭田龙太也有这样的佳句：“山雀瞪眼雪上跳。”大概脱胎于水巴此句。俳句与语言的技巧密不可分，水巴认为创作手法不可无技巧，更不可唯技巧，注重追求“生命的俳句”，构筑独特的美的世界。

渡边水巴

天渺々笑ひたくなりし花野かな

渺渺天空花原野，
我立中间想大笑。

* 季语　花原野

* 赏析

此句作于大正十二年（1923），题记云:“东都大地震后，因发行《曲水》，临时居住大阪郊外丰中村。”关东大地震后，作者离开东京，来到丰中村。秋高气爽，天空辽阔，开满鲜花的原野也一望无际，我站在天地之间，真想放声大笑。这是刚刚经历过地震灾难的人们尚未完全从后怕、绝望、虚无、悲痛状态中摆脱出来的自我嘲笑。天空、原野、鲜花的大自然与祸害人类的大自然形成强烈的反差。所以，这个“大笑”绝非开心的敞怀大笑，而是包含着对被地震毁灭的家庭的怀念、人世的空虚、客居异乡的孤愁等复杂感情。有关大地震的俳句还有如“秋风感寒意，余震点油灯”“震后土块夜露湿”等。

前田普罗

新涼や豆腐驚く唐辛

渐觉有凉意，
豆腐惊辣椒。

前田普罗（1884—1954）

长期在富山任新闻记者。高滨虚子的《杜鹃》的主要俳人，多有吟咏里日本（里日本，指本州毗邻日本海一侧的地区）山脉的佳句。创刊《辛夷》，后任社主。他反对在俳句创作中采用西方自然主义的手法，从这个意义上说，俳句表达日本民族回归的生活环境。强调俳句对人们闲寂心境的作用，而且不把感情视为现实的人的感情，而是置于季题情绪之中。著有《普罗句集》《春寒浅间山》《能登苍然》等。

* 季语　新凉

* 赏析

“新凉”指的是秋意渐凉。一般说人们对气候的变化感到惊讶，不知不觉地感到凉意。但是，这首俳句的主语可以理解为“豆腐”，在秋深嫩凉的时候，辣椒还撒在自己身上，对这样剧烈的辣味感到吃惊。当然真正感觉气候变化的是作者，这里使用拟人化的手法，“惊”的表现，不仅有“辣”的味觉，还有“红”的视觉的感受。这是普罗的初期作品，已经显示出他的江户都市情趣。

尾崎放哉

こんなよい月（つき）を一人（ひとり）で見（み）て寝（ね）る

如此好月亮，
看罢独睡去。

尾崎放哉（1885—1926）

曾去朝鲜任日本火灾海上保险公司经理，翌年辞职，到中国东北寻找工作，未果，又与妻子离异，孑然一身回到京都，在各地寺院一边干活一边创作自由律俳句，翌年开始托钵放浪生活，最后死于西光寺南乡庵。放哉初期创作文语定型俳句，后采用客观叙述法表现生活时，出现口语化的倾向。也许只有口语自由律最能表现他的孤独、贫穷、流浪、疏狂的一生境遇。遗著有句集《大空》。

***季语**　好月

***赏析**

大正十三年（1924）秋作于须磨寺。月光如水，晶莹清澄，令作者感叹不已，这么美好的月色就自己一个人欣赏后去睡觉，身边连一个朋友也没有，实在可惜。独自赏月的满足感与独睡的寂寞感交织在一起。虽是穷得身无一物的境遇，物质的“空”与精神的“空”难以融合，终究不是彻底悟道之人，难以摆脱空虚孤独的情绪的折磨。晚年平静蛰居的作品尤能深刻表现内心世界，在平淡得略显冷漠的语言深处燃烧着生命的烈焰，在粗犷放达的句风后面，掩饰不住孤独凄寂的心情。

饭田蛇笏

芋の露連山影を正しうす

芋头绿叶带露珠，
逶迤群山姿端正。

饭田蛇笏（1885—1962）

《杜鹃》的代表性俳人之一。在早稻田大学英国文学科学习时参加早稻田吟社，创作俳句，后入高滨虚子门下。创刊《云母》。他坚持俳句必须立足于十七音和季题两大格律，批判新倾向。主张俳句作为新时代的文艺，每一首作品都必须具有“信仰”和“热情”。句风严谨端庄。

* 季语　露珠

* 赏析

这是蛇笏初期的代表作。“透迤群山”指南阿尔卑斯山脉（即赤石山脉）的群峰，这是远景。芋头地是近景，自然不仅仅是芋头，还有其他东西。田地的芋头绿叶上闪动着露珠的晶莹亮光，抬头一看，周围一座座的群山如深蓝色的影画，在清冷的大气里，一峰一岭，端端正正，气势威严。这是甲府盆地秋日晴朗的晨景。“山姿端正”是作者的主观感觉，露珠的近景与拟人化的山峦的远景对照呼应，明快地把握对象，突出秋色的爽朗清澄，从如同盛在玉盘上的露珠和深蓝如影画般的山容中感觉到自己心灵的庄重，凝聚着雄劲厚重的气质。山本健吉评论此句：“冷静地凝视对象的实像，将基于自我文学精神的一种难以名状的希望、祈念、憧憬的思绪投影其中”，“现代俳人中，敢于创作发句者，蛇笏之外绝无他人”。(《俳句讲座 6》)

蛇笏一生歌咏山间的风物景色和田园生活，他热爱故乡险峻的高山，以崇山峻岭般孤高冷严的态度进行创作，在粗犷的大自然的感觉里融汇古典的庄重，格调雄浑苍古，峭拔简劲。吟山句如“寒月出山拖白炎”“此夜月色寒，浮现富士山”“稻草堆如山，远处高峰入云端，不意冬日寒”“巍峨夏日山，又与大河逢”“正是立秋天，溪水叮咚伴风声”，这些以大自然为题材的作品在客观描写中突出主观的个性，得以完成“土地诗人”的特色。

饭田蛇笏

をりとりてはらりとおもきすすきかな

折摘一芒草，
沉沉轻摇摆。

*季语　芒草

*赏析

摘折一棵芒草，略带金黄色的草穗湿润地低垂，手里有一种沉沉的感觉。草穗的美丽、光泽、丰饶都包含在“沉沉”的重量感中，“轻”与“沉”形成鲜明的反差，这一株芒草的轻妙灵动拨响读者感受的心弦，瞬间的美感通过表现与把握的完美结合使作者的心灵获得满足。这首俳句是蛇笏纤细优美风格的典型代表，极其单纯的一个动作，极其单纯的一种感觉，却浸透着作者全身心的感受性。正如山本健吉所说：“虽然只是吟咏芒草的重量感，但作者浑身充满感动，这种感动具有生命力，这种瞬间的欢喜是绝对的”，不愧是蛇笏的“一代名句”。(《现代俳句》)

一生歌咏山间的风物景色和田园生活，凝视大自然的目光总是充满真诚，在质朴的情感体验中感悟生命之光，含有浓烈的乡土气息和人情味，表现出植根于故乡深厚土地里的诗人对大自然和人的感觉，给予读者一种情绪的紧迫感。

原石鼎

頂上(ちょうじょう)や殊(こと)に野菊(のぎく)の吹(ふ)かれ居(お)り

山顶野菊花。
备受劲风吹。

原石鼎（1886—1951）

《杜鹃》的主要作者。《鹿火屋》社主。擅俳画。他认为俳句既然是诗、是韵文，就应该强调创作情感，认为有余韵的俳句才是优秀的作品。力求将发自自然的感动感应于俳句，在清寂的意态中与自然同化，具有丰富的感性，后逐渐转向清雅古典。句集有《花影》《石鼎句集》《深吉野》等。

***季语**　野菊花

***赏析**

此句是作者第一部句集《花影》的卷首句。这里的“山顶”，似为原野上的小山包，秋风劲吹，一片杂草中唯有野菊花被风吹得使劲摇曳。“备受”的强调体现作者对野菊花倍加怜爱之情。这首俳句可以说完全符合高滨虚子当时的季题、十七音、写生、余情的俳论，其构思也是立足于季题情趣，把握事物。首先提示地点，接着焦点集中于野菊花，突出其形象，令读者想象其美丽的姿势和淡淡的芳香。此时的句风“因接触深山大泽之灵气，是体会写生之真谛”（虚子《俳句前进的方向》），得到虚子的认可，从而奠定了石鼎在俳坛的地位。

《花影》是昭和初期的著名句集。多有名句，如“秋雨吹打秧秧草，蜘蛛起伏随枯叶”，蜘蛛在刚刚开始枯黄的杂草上结网，在秋雨吹打下，枯叶匍匐倒地，蜘蛛也随之起伏摇荡。貌似朴直平淡，其实反而深藏纤细的韵味。“粉蝶翼颤易惊秋”，微风习习，停落不动的蝴蝶的翅膀敏感地颤动，预告秋天即将来临。

原石鼎

秋雨（あきさめ）や蜘蛛（くも）とぢて伏（ふ）す枯（か）れ葎（むぐら）

秋雨吹打秧秧草，
蜘蛛起伏随枯叶。

*季语　秋雨

*赏析

选自《花影》(1937)。《花影》出版于昭和初期，收有“山顶风吹野菊花”“蝴蝶高飞山谷深”等充满敏锐明晰感受性的俳句。此句看似朴直平淡，其实深藏着纤细悠长的韵味。蜘蛛在刚刚开始枯黄的杂草上结网，在秋雨吹打下，枯叶匍匐倒地，蜘蛛也随之起伏摇荡。

原石鼎

寂しさにまた銅鑼打つや鹿火屋守

寂寞实难忍，

又敲铜锣守田人。

* **季语**　守田人

* **赏析**

此句题记为“去三尾归来”。深山农村，秋天时节，为防止野鹿、野猪出来糟蹋农田，便派人在地里搭棚看守，夜间烧燃火堆、敲击铜锣，吓唬野兽。夜深人静，从遥远的山谷传来守田人敲击铜锣的声音，锣声在山谷间回荡，逐渐平静下来，于是作者想象这些守田人的心情。敲锣并非仅仅为了驱赶野兽，也借此聊以慰藉夜间难耐的寂寞情绪。不言而喻，这里的寂寞孤独更是表达作者本人的心态。“搭棚夜间看田人，可怜独自守月亮。”“一夜独自看田人，寂寞待到山色明。”

中塚一碧楼

TURK（トルコ）のような湯場（ゆば）が欲しい場末（ばすえ）の秋（あき）だ

城郊秋日晚，
希望有 TURK（土耳其）
那样的澡堂。

中塚一碧楼（1887—1946）

《海红》的代表性俳人、社主，新倾向俳句运动的核心人物之一。鼓吹“无中心论”和口语自由表现体，后来又创作口语自由律俳句，发起自由律运动。句风由新倾向的奇拔渐趋抒情自由律，朝适应人道主义的时代思潮发展，明快甘美，以柔和的语调吟咏生活的悲哀。

*季语　秋日

*赏析

这是作者实验性创作的口语自由律俳句。秋日夜晚，作者也想像土耳其人沉浸在官能的、妖艳的气氛里那样洗土耳其澡。作品流溢着浓郁的颓唐的氛围。唯美的、享乐的文学感觉与新浪漫主义有着密切的关系，句中的情绪大概也是作者青春时期生活的感触。因为一碧楼当时主张有生命力的俳句必须触及人生，每一首作品都要体现现代人的情感，表现他们的哀愁、疲劳和不安，使俳句具有年轻人那样的热烈生机。

此句的原文“土耳其”使用英语“TURK”，而不是日语的片假名，而且打破五七五的定型，运用口语，虽然“秋日”是季语，但已失去传统的季题情趣，“意在完全抛弃以往偏于淡白的季题情趣，创造出不受任何东西束缚的真实的季题情趣”(一碧楼《试作》)。这些都表明一碧楼进行俳句革新的决心，也是向自由律俳句迈出的第一步。与此相类似的俳句还有“夏日早破晓，忽闻手臂海潮味”“鞋匠溜逃去，忘记漂亮的浴衣”。如果把“早破晓”“浴衣”视为“夏天”的季语所产生的作用，恐怕比较勉强，莫如还原为脱离季语感的一般性语言，似乎可以更准确地理解含义。

中塚一碧楼

我死ぬ家柿の木ありて花野見ゆ

わがし　いえかき　き　はなのみ

我将死家里，
放眼原野花盛开，
院有柿子树。

* 季语　花野

* 赏析

柿子是秋天的果实，这是写秋天的俳句。自己家的院子里种有一棵棵高大的柿子树，现在依然枝叶繁茂，果实累累。曾祖父、祖父、父亲都死在家里，我和他们一样，仰望过柿子树，想到自己将来总有一天也要死在这家里，不免心中悲伤。作者是新倾向俳句的干将，主张无视传统的季题情趣，此句的季语“原野花盛开”和整体意思关系不大，所以失去传统俳句中季语的中心作用。再如他的“争吵久未决，缘起是女人。旁边有枯柳”，此句的“枯柳”是冬天的季语。只见人们在争吵，大概因为是女人之间的事情引起的，一直解决不了。旁边有一颗枯萎的柳树。这是人事句，写百姓的日常生活本身。作者着眼点在于通过时间的流逝而产生的对事件的兴趣，内容是具象的，表现手法却是抽象的。“枯柳”的季语只起到点缀气氛的作用。这种抽象性的具象表现是新倾向句的特征，有时候令人觉得晦涩难解。

中塚一碧楼

己が掌接吻ひつつ青年は接吻ひつつ草紅葉

一个小青年，
吻吸自己的手掌。
一遍又一遍，
草叶尽燃秋日红。

***季语** 草红叶

***赏析**

秋日，一个青年躺在红彤彤的美丽秋草里，也许他在对自己的人生道路进行思考，也许有许多苦恼，也许他为没有找到解决的方法而焦躁，他热烈地吻吸自己的手掌，一次又一次。俳句表现年轻人青春期的苦恼，而季语“草红叶”并没有起到俳句核心的作用，这是新倾向句的主张。碧梧桐追求自然主义的反映，“写生”则是从现实的事物引发创作的灵动，打破固定不变的季题观念，运用取舍选择的方法描述作者的内心体验。这就使写生观本身具有个性，致力于心理描写。此句和他的“我已到死期，山茶花盛开”成为新倾向运动的代表作，对后来的“无中心论”起到过渡的作用。新倾向句盛行一时的时候，大量使用汉语、造语、熟语和动词助词，运用口语化的形式，节奏富有曲折感，无视五七五调，采取破格的五五五三、五五三五调。

久保田万太郎

新涼（しんりょう）の身（み）にそふ灯影（ほかげ）ありにけり

秋来渐觉凉，
灯影随身行。

久保田万太郎（1889—1963）

俳人、小说家、剧作家。生于东京浅草，擅长使用地道的东京话描写下层社会的哀欢。获文化勋章，一等瑞宝章。小说有《春泥》、戏曲有《心》等。

* **季语**　新凉

* **赏析**

这首俳句创作于大正十五年（1926），题为《节后的寂寞》。日本经常举行庙会、祭祀等各种各样的庆典节日活动，当时作者住在东京日暮里，似应为陬访神社的祭祀活动。对于出身于东京底层社会的作家来说，这样的民间活动往往成为创作的素材，也常用于戏曲的场景。然而，在作家的眼里，这样的活动总是飘溢着一种淡淡的哀愁，所以当庆典活动结束后，会生出寂寞的感觉，看着灯影映在身上，这种感觉更难以排遣。

杉田久女

紫陽花に秋冷いたる信濃かな

信浓秋冷到粉团。

杉田久女（1890—1946）

昭和初期的女俳人。先为《杜鹃》同人，后被《杜鹃》开除，精神上受到沉重的打击，此后创造力急速衰退。作品起先具有平淡轻灵的情趣，后由于激烈倔强的性格、家庭不和的原因，转向通过写生表现内心强烈奔放的情绪，达到心象与事象的一致，以极其丰饶广博的知识构筑浪漫的理想世界，凸显其自我意识的觉醒。晚年冷寂孤独，陷于精神错乱的极度苦闷。句风热情奔放，绚丽浓艳，极具丰饶的感受性，成为近代女性俳句追求自我感受风格的源流。

*季语　秋冷

*赏析

这首俳句是久女代表作之一。作于大正九年（1920）八月，其时她为葬父遗骨前往信州。粉团，又名绣球花、八仙花，原为夏天花卉，虽然花期较长，但到“秋冷”（秋天季语）时节，应该凋谢了。但这里的绣球花依然盛开，颜色鲜艳，在信浓高原的清爽空气里，淡紫色的花团楚楚可人，点缀风光，使“秋冷”更富季节感。

栗林一石路

鬼灯（ほおずき）やいでおろぎいと嚙（か）みつぶす

嚼碎酸浆啊，
当作意识形态。

栗林一石路（1894—1961）

无产阶级俳句的主要代表。1941 在日本警察镇压进步俳人的“镇压俳句事件”中被捕，在狱中关押两年半，保释出狱后，失去创作自由。1946 年，一石路联合主张定型和自由律的俳人成立新俳句人联盟，当选为干事长，后还担任日本民主主义文化联盟常任理事、新日本文学会常任干事等。

＊季语　酸浆

＊赏析

此句题为《自嘲》，1941 年二月，日本警察逮捕许多新兴俳句和无产阶级俳句的作家。一石路被捕，关在巢鸭监狱。酸浆是一种茄科植物，结球形浆果，果皮和果实皆鲜红。因为酸浆是红色，形容具有阶级觉悟的人在狱中进行斗争时所咀嚼的意识形态的苦涩。

“严寒大地见人影，原是一群劳动者。”此句作于 1953 年，题为《火的记忆》。当时各地依然一片废墟，荒凉破败。冰冻的大地，冰冻的心，在这寒凝的大地上，突然出现一群人影。他们走近前来，原来是上班去的工人。作者立即从工人身上感觉到阶级弟兄的亲切感和信任感。

栗林一石路

こういう思想をもって黄ばんだ街路樹を仰いでいる

我有此思想，
仰望发黄行道树。

* **季语**　发黄行道树

* **赏析**

日本人的色彩感觉中，黄色是一种含带希望、喜悦、幸福的暖色，从这首俳句中可以读到作者的自信。当然，黄色也有其负面形象，主要是异端、卖春等被歧视者的标志。问题上作者的“思想”，一石路无论是政治思想还是俳句思想在当时的主流派眼里都被视为“异端”。他反对侵略战争，为此在日本警察镇压进步俳人的“镇压俳句事件”中被捕，在狱中被关押两年半，保释出狱后，失去创作自由。他提倡、创建、重建无产阶级俳句运动，为战后民主的俳句运动奠定了基础。战后，他联合主张定型和自由律的俳人成立新俳句人联盟。被选为干事长，后还担任日本民主主义文化联盟常任理事、新日本文学会常任干事等，积极开展民主运动。他一生尖锐批评传统俳句的封建性，始终不渝地为民主主义俳句贡献出全部的力量。此句的“思想”就是他坚定的信念，就是他仰望的斗争目标，就是他勇往直前的力量。

川端茅舍

もずたけ　かきさいだん
鵙猛り柿祭壇のごとくなり

伯劳凶猛相，
柿子如祭坛。

川端茅舍（1897—1941）

因患脊椎骨疡，后半生多卧床。他通过对自然的赞美获得自我意志的磨炼，以准确新颖的比喻、拟声语和紧凑弹动的音调塑造多姿多彩的造型美。他追求俳句之道的强烈个性和人与物化的顺应自然具有浓郁的芭蕉遗风，同时也渗透着西方式的美学意识。

* 季语　柿子

* 赏析

此句题为《秋》。伯劳是肉食鸟，啼叫声尖锐，停在树梢上，尾巴上下摆动，高鸣不已。“凶猛”二字突出了伯劳的性格。红熟的柿子在四周开始枯黄的景色中尤其显眼，在伯劳的叫声中，犹如“祭坛”上高烧的红烛般鲜艳夺目。作者直观的把握极具魅力，有厚重气势。此句为川端名句。

川端茅舍

金剛(こんごう)の露(つゆ)ひとつぶや石(いし)の上(うえ)

石上一滴金刚露。

* 季语　露

* 赏析

“金刚”是佛教里的护法神帝释天手持之物，以方寸之小遍照天下。露珠自古就象征短暂。“金刚”与“露“的结合看似矛盾，其实已经脱离日常世界，凝视着石头上这一滴露珠，仿佛露珠变成金刚石，闪烁着永恒的亮光。“金刚露”即是宇宙生命凝固的物象，象征着世间存在的万物。“一滴”的对象并非“金刚露”存在于现实的物体“石上”，而是把露珠本身与精神视为一统的存在，所把握的正是这种非现实的存在。由于这种象征“光明”的一滴露在“石上”的存在，也与存在于“石上”的人联系在一起。就是说，人的生命的无常与“金刚露”在“石上”这个“场”产生共振，一滴露珠显示出不可思议的丰饶的净土世界，在这个世界里存在着永恒的生命。茅舍句风格式严整，节奏紧凑，完全是求道者的思想和心态的结晶。

桥本多佳子

わが行けば露とびかかる葛の花

徐徐往前行，
葛花秋露跳我身。

桥本多佳子（1899—1963）

俳句先后师事杉田久女、高滨虚子、山口誓子。后与西东三鬼等成立奈良俳句会，对俳句向现代的过渡进行许多有益的探索。她以鲜明准确的笔触表现女性感情的奔泻与心灵的矛盾，时而清峻，时而婉丽，写出许多感人肺腑的佳作，是昭和中期第一流的女俳人。

*季语　葛花

*赏析

初秋时节，紫红色的葛花开得很美，当时还是二十多岁的少女在开满葛花的树林里漫步，露珠蹦跳着溅到“我”身上。这里的“蹦跳”是诗眼，是作者特殊的表现手法，可以想象到少女的惊讶、喜悦和微笑。露珠当然不会蹦跳，这是作者拟人化夸张形容，是惜花心情的反映，是葛花、秋露这些大自然的事物与人心的友好相处，是她日常生活中的一幅美丽的画面。

日野草城

船の名の月に読まるる港かな

泊港船名明月读。

日野草城（1901—1956）

早年组织成立京大三高俳句会、三高京大俳句会。他标榜自由主义，创作无季俳句、连作俳句，成为俳句新兴运动的旗手。把短歌的感觉移植到俳句中，运用直接把握对事物感触的手法，以甘美新颖的抒情句风打破大正末期俳坛的沉迷，具有知识阶层明朗的感觉，开创一个清新的时代，起到从大正向昭和过渡的作用。昭和十六年（1941）息影俳坛，战后创刊《青玄》。

* 季语　明月

* 赏析

这是秋夜港口的风景。船、明月、港口三者的组合能勾惹读者的旅愁。“明月读”意为明月把船名映照得清清楚楚。不是借灯光看见船头侧面的船名，而是借月光，流溢鲜明清澄的抒情和青春无瑕的哀伤。也可以理解为月亮读出船名。

日野草城

秋の夜や紅茶をくぐる銀の匙

秋夜深，
银匙钻进红茶里。

*季语　秋

*赏析

草城在俳句这种沉默的诗型里直截了当地讴歌人生的喜悦，使他的作品在近代俳坛占据特殊的一席之地。他的后半生很不得志，但是他的精神本质是对生活的肯定和赞美。当银匙慢慢“钻进”红茶的时候，秋夜里的茶色突然也变深。从草城对生活的肯定这一点来说，给予现在许多俳人的作品精神很大的启示。

《奈良公园》川濑巴水

日野草城

ひとりさす眼ぐすり外れぬ法師蝉

独自滴眼药，
药水流到眼睛外。
忽闻秋蝉叫。

* **季语**　秋蝉

* **赏析**

此句题为“右眼急剧失明，尚未恢复”。战后，草城因病长年卧床，而且右眼患青光眼失明。也许家人不在，他躺在床上给自己滴眼药水，眼药水却流到脸颊上，这时听见秋蝉开始鸣叫。在残暑中感觉到初秋的气息，同时从蝉鸣中也感觉到自己的悲哀。“右眼看不见，左眼看妻子。”“只眼已失明，犹擦眼镜片。”右眼已经失明，戴眼镜也看不见，但他还是擦着眼镜右边的镜片。长年卧病的不幸使他极为悲伤，句中的语调极其平淡，但具有很浓的诗意。草城殁后，山口誓子认为这是他的代表作之一。

富泽赤黄男

秋風の下にゐるのはほろほろ鳥

珍珠鸡在秋风里。

富泽赤黄男（1902—1962）

1935 年参加日野草城的《旗舰》，为其主要成员。战时应征入伍。他的作品具有强烈的理智，带着特异感觉的幻想性的乡愁，以超现实主义的色彩显示着俳句发展的新的可能性。战后创刊《太阳系》《蔷薇》，任社主。

*季语　秋风

*赏析

这是作者在俳坛崭露头角时的作品（1935 年左右），当时就已经显示出摆脱传统观念、追求新倾向、变革创作手法的热情。和很多青年俳人一样，作者首先尝试抒情性的作品表现，以更自由开放的构思、温和细腻的语言营造氛围空间。这首俳句很简单明了，关键在于语感，原文是“はほろほろ鳥”，译成中文就是“珍珠鸡”，但是，由于谐音的关系，“ほろほろ”又可以理解为“潸然”“野鸡的叫声”“落叶纷纷”“落花缤纷”等，因此秋风里的珍珠鸡形态显得畏缩、可怜、寒碜，而“鸟”也是作者自身的象征。那么，在萧瑟秋风里的就是缩手缩脚的作者，不知去往何方。也许意味着他在俳句革新的道路上苦闷彷徨，找不到出路。这样的手法使整个俳句笼罩着哀愁的氛围。

富泽赤黄男

石の上に秋の鬼ゐて火を焚けり

秋来石头上，

有鬼在焚火。

***季语** 秋

***赏析**

这首俳句战后发表，但创作于昭和十六年（1941）九月，即日本偷袭珍珠港、发动太平洋战争的前夕。当时日本国内一片战争狂热，只有极少数人担忧这场战争的出路问题。也许作者忧虑到战争的扩大会造成国内的一片焦土，想象到战火烧成废墟的景象。句中的“鬼”是谁？“焚火”指的是什么？虽然没有具体的明指，战后发表时作者也没有解释，但还是从中看到预见性。赤黄男在战时应征入伍，后患病回国，参加新兴俳句运动，被捕入狱。“蝴蝶坠落巨声响，正是结冰期。”这里的“蝴蝶”不再是具体的蝴蝶，而是抽象的巨蝶。“蝴蝶”二字所包含的语言总量构筑成人的内心世界，而“蝴蝶”就在里面不断飞翔，含带着作者对即将来临的更大规模的战争的战栗预感。此句超越传统的有季俳句的层次，为后来的俳句表现提示许多可能性。

芝不器男

山の蚊の縞あきらかや嗽

山间蚊子条纹清，
早晨漱口水。

芝不器男（1903—1930）

高中时开始创作俳句，二十七岁夭折，如彗星在昭和初期的俳坛光芒四射，迅即消失。他以充满近代感觉的抒情性作品讴歌青春时代，成为通往现代俳句的先驱者之一。

*** 季语**　蚊子

*** 赏析**

芝不器男出生于爱媛县松野町，位于四国山脉西端的山峡脚下，非常偏僻的山村，早晚笼罩在蒙蒙雾气之中。不器男短暂二十七年的生涯大部分是在这个山峡度过的。这首俳句应该是暑天已过、秋冷已至的季节，山峡天冷得早，漱口的山水开始感觉冰凉。作者观察十分细致，山间的蚊子大概很大，翅膀上的条纹清晰可见，蚊子与山水把偏远贫困山村以及山民的朴素生活点现出来。

芝不器男

ひやゝかや黍(きび)も爆(は)ぜゐる夕(ゆう)まうけ

秋冷备晚餐，
玉米爆裂声。

*季语　秋冷

*赏析

山谷秋冷，山气清凉，村民们在快活的气氛中准备晚餐，烧烤玉米的爆裂声，仿佛看见那殷红的火色，闻到那诱人的芳香，听到孩子们爽朗的欢声，见到人们愉快的笑容，这是山村最普普通通的一幕生活场景，祖祖辈辈生生不息。这是作者从东北大学读书时回家探亲的作品，给他做饭的大概是老母亲或者嫂子吧。

《东海道富士川》土屋光逸

松本孝

我去れば鶏頭も去りゆきにけり

一旦我离去，
鸡冠也离去。

松本孝（1906—1956）

其父为宝生流能演员，但以病弱，终无法继承父业，师从高滨虚子学俳句。《杜鹃》同人，与中村草田男、川端茅舍等成为俳坛重镇。尤其与同样病魔缠身的茅舍同病相怜，交往甚密，两人的俳句都多使用“如”、“似”之类的比喻，其句境亦被称为“茅舍净土”、“孝净土”。他的俳句始终贯穿着宝生流能的艺术精神，时而流露出病人纤细脆弱的神经感受，时而表现出刚毅顽强的性格，时而色彩华丽，具有唯美倾向，追求表现形式的完整美。

* **季语**　鸡冠花

* **赏析**

秋日，作者出门散步，忽然看见别人家庭院里开着两三枝美丽的鸡冠花，不由得停下脚步欣赏那火红的花朵，心里充满怜爱的感觉。在凝视片刻之后，只好离去，但还是一边走一边回头观看，仿佛觉得鸡冠花也离开自己一样，越走越远，在秋天的阳光下越变越小。此句是写生句，从逐渐变小变远的鸡冠花中感受到寂寥的心情。松本孝写鸡冠花的俳句很多，如“飞来鸡冠大雨疾”“鸡冠垂头将枯萎”“傍晚鸡冠花，并排跑影子”等。

风雅俳句：正是麦秋时

播讲人｜陈修齐（日本文学硕士、日语译者）

图书在版编目（CIP）数据

正是麦秋时 / 郑民钦编著. —北京：现代出版社，2019.11
（风雅俳句系列）
ISBN 978-7-5143-7672-2

Ⅰ. ①正… Ⅱ. ①郑… Ⅲ. ①俳句—诗歌欣赏—日本
Ⅳ. ①I313.072

中国版本图书馆CIP数据核字（2019）第132529号

正是麦秋时

作　　者：郑民钦
责任编辑：申　晶　朱文婷
出版发行：现代出版社
通讯地址：北京市安定门外安华里504号
邮政编码：100011
电　　话：010-64267325　64245264（传真）
网　　址：www.1980xd.com
电子邮箱：xiandai@vip.sina.com
印　　刷：北京瑞禾彩色印刷有限公司

字　　数：114千字
开　　本：880mm×1230mm　1/32
印　　张：6.5
版　　次：2019年11月第1版
印　　次：2019年11月第1次印刷
书　　号：ISBN 978-7-5143-7672-2
定　　价：56.00元